Caindo nos sonhos da Terra do Nunca

ANNA KATMORE

Caindo nos sonhos da Terra do Nunca
Lendas de Neverland, livro 1
Copyright 2014 © Anna Katmore
Título original: *Neverland*
Tradução: D. Dias
Preparação de Texto: Vânia Nunes
Capa: Laura J Miller – www.anauthorsart.com
Idealização de capa: © 2014 by Anna Katmore
www.annakatmore.com

Lendas de Neverland

livro 1

Capítulo 1

Angelina

UM AMONTOADO ruivo se contorce de tanto rir na minha cama. — Angel! Angel, para! Vou mijar nas calças!

Imediatamente eu paro de fazer cócegas na minha irmãzinha, sento-me na beirada da cama e a coloco no meu colo, e olho para ela com um olhar faça-isso-e-arranco-a-cabeça-do-seu-urso-de-pelúcia. Ela sabe que eu jamais faria isso, mas a ameaça sempre funciona.

Neste momento, a semelhança exata da menina de cinco anos nas minhas pernas atravessa a minha porta. Só que essa está com seu vestido roxo de fada que tem um par de asas de rede presas nas costas. O chiffon está bem amarrotado, e me pergunto se ela esteve sentada no chão com suas bonecas pela última meia hora.

Ela balança sua varinha rosa brilhante com ponta

de estrela no meu rosto. — Por que Paulina está gritando como se a Barbie Dreamhouse estivesse queimando de novo?

A Barbie Dreamhouse não queimou... completamente. Ela pegou fogo quando acendemos algumas velas na véspera de Natal, algumas semanas atrás. Papai colocou um cobertor – a colcha de cashmere favorita de mamãe – sobre a casa de madeira e apagou as chamas. A casa foi salva, mas sua ala oeste precisava de reconstrução e minhas irmãs me pediram para pintar as paredes da sala de rosa para cobrir as marcas de fumaça.

— Ela está gritando porque o feioso Capitão Gancho está atrás de princesinhas novamente — Rosno, antes de colocar Paulina de volta na minha cama e correr atrás de uma ruidosa Brittany, que foge para o corredor e, em seu lustroso e escuro sapato de couro envernizado, corre para se salvar.

Eu a pego antes que ela chegue ao quarto de nossos pais e teria batido a porta na minha cara, sem dúvida. Com um braço em volta de seu corpo minúsculo, eu a pego e jogo na cama king-size que ficará vazia mais uma vez esta noite porque nossos pais estão em alguma coisa de caridade, o que fazem quase todo fim de semana. Eu torço meu dedo indicador como se fosse o gancho de prata do cruel pirata. — Sou o capitão dos piratas e vou cortar você com meu gancho, da barriga ao nariz — Digo com uma voz profunda e estridente.

Brittany enterra o rosto no meu ombro e ri. Ela começa a rir como um vulcão explodindo assim que enterro meus dedos entre suas costelas.

Não há nada neste mundo que me encante mais do que o som dos risos das gêmeas. O temperamento despreocupado delas sempre me cativa, tanto se eu estiver ocupada com os estudos para a formatura do Ensino Médio dentro de alguns meses ou ajudando a Srtª Lynda com a casa.

Mamãe e papai não gostam que eu ajude nossa governanta da idade da pedra na cozinha. *Meninas de boa família não sujam as mãos,* é o que eles me ensinaram a vida toda. Eu não tinha permissão para brincar na lama com outras crianças, nem usar jeans rasgados com capuz ou ouvir música rock no meu quarto sem fones de ouvido.

Quando a babá das gêmeas se mudou na primavera passada e meus pais não conseguiram encontrar uma substituta que fizesse um trabalho igualmente bom, minha chance por uma mudança havia chegado. Ofereci-me para cuidar das meninas nos fins de semana, se meus pais me permitissem usar roupas normais em vez das blusas, conjuntos ou vestidos elegantes – pelo menos dentro de casa, e desde que não esperássemos convidados para um banquete no jantar. Odeio me vestir como uma das confidentes mais próximas da Rainha.

Mamãe concordou depois de uma longa discussão dominada por suspiros. Papai insistiu que continuassem procurando por uma nova babá, mas quando as gêmeas lançaram seus enormes olhos de cachorro faminto para ele, ele desistiu. Ninguém nessa família pode resistir aos olhares de alma de Paulina ou Brittany quando apertam o botão de 'por favorzinho'.

A condição de papai em me deixar usar minha própria escolha de roupas era que eu conhecesse Jasper Allensik, o filho de seu parceiro de negócios, que aparentemente era parente da realeza de alguma maneira complicada. Eu concordei, mas depois, prendi papai no fato de que o acordo era: eu só tinha que sair com o cara se gostasse dele pelo menos sessenta e cinco por cento. O que não aconteceu.

Jasper Allensik é um idiota. Ele é alto, magro, usa o cabelo preto seboso dividido de lado e bebe suco de tomate a cada refeição que come, que sai pelo nariz se algo absolutamente não engraçado o faz rir, como um artigo ridículo no *Financial Times*.

Depois de um longo dia escolar em Londres, gosto de beber leite com morango com minhas batatas fritas, se eu tiver uma chance de ir ao *Burger King*, mas nunca solto o leite pelo nariz, rindo ou não.

Normalmente, não temos leite com morango em casa, porque papai não é um grande fã disso e nem comemos batatas fritas. Srtª Lynda é aconselhada a servir coisas como lagosta, peito de frango e às vezes até caviar na torrada. Brittany e Paulina são autorizadas a recusar a entrada de ovos e peixe, mas a partir dos doze anos, me disseram para me acostumar com essas coisas horríveis, para não envergonhar meus pais novamente, cuspindo parte de volta no prato na frente de seus convidados. Sim, às vezes é cansativo ser a primogênita na casa de George McFarland.

Pego Brittany pela cintura e a coloco de pé. — Agora, você tem que arrumar a cama deles novamente — Diz ela, acenando com a varinha para mim.

Eu obedeço. A Srtª Lynda arruma as camas das gêmeas pelo menos cinco vezes por dia para manter meus pais satisfeitos, uma vez que gostam das coisas bem arrumadas. Faço minha própria cama todas as manhãs e tento mantê-la assim até a noite, o que não acontece com frequência, então, refaço com a mesma frequência que a Srtª Lynda faz com as camas das gêmeas. Mas brincar com minhas irmãs na cama dos meus pais é um pecado sagrado. Nem mesmo somos autorizadas no quarto. Mas George e Mary estão fora, então, quem nos impediria de transformar a mansão em um playground?

Puxo as extremidades dos lençóis e os aliso com as palmas das mãos até que estejam perfeitamente esticados novamente. A pequena fada me deixou em paz e provavelmente voltou para o quarto dela para continuar brincando com as bonecas. Assim que apago a luz do quarto e saio para o amplo corredor acarpetado, Paulina pula em meus braços. Eu a levanto e me pergunto por que ela está sorrindo como um palhaço de aniversário. Geralmente significa que ela teve uma ideia brilhante... ou que a Srtª Lynda contrabandeou alguns biscoitos caseiros para a casa dos McFarland, o que aconteceu esta tarde.

— O que aconteceu, coelhinha? — Pergunto e passo os dedos pelos seus cabelos longos e lisos, grossos como capim.

— Tenho uma surpresa para você.

Oh oh. Sua última surpresa me deu uma mecha de cabelo verde. Graças a Deus, tinta infantil não é permanente. Escondo minha careta com um sorriso falso. — Ótimo! Vamos ver isso.

— É uma tatuagem.

— Que inferno!

Paulina instantaneamente cobre a boca com as mãos pequenas e exala chocada, mas eu não me importo. Meus pais não estão aqui para me mandar para o meu quarto por amaldiçoar. Em um ligeiro pânico, abaixo minha irmã, agacho-me na frente dela e arregaço as mangas de seu suéter de urso panda vermelho, uma de cada vez, verificando seus braços em busca de imagens de qualquer tipo.

Ela ri. — Não eu, boba.

Ufa! Minha mãe teria me matado.

— É o seu nome, então, você deve colocá-la — Paulina me diz, e meu queixo bate no meu peito.

— O quê?

Ela estende a mão e abre. Na palma, encontra-se um pedaço de papel com a palavra 'Angel'. Ninguém, a não ser as gêmeas, me chama assim, e é a única palavra no mundo que elas já conseguem soletrar. Forçada por elas, tive que ensiná-las – durante uma semana inteira. Se não fosse pelo motivo fofo de elas não conseguirem falar Angelina corretamente quando aprenderam a falar, teria sido totalmente ridículo que eu me chamasse Angel. Sério, pareço qualquer coisa menos isso. Não herdei os cachos angelicais loiro avermelhado de mamãe, mas o cabelo preto de papai, que eu uso hoje em dia em um corte na altura do queixo. Minha pele é pálida e meus olhos castanhos escuros se destacam do resto do meu rosto.

Pego o papel da mão da minha irmã e o examino. É uma daquelas tatuagens que você encontra nas revistas de princesas da *Disney*. As letras são curvas e roxas com uma névoa de pequenas estrelas embaixo. Fantástico. E ela quer que eu coloque isso onde? Na minha testa, para meus pais ficarem furiosos de manhã?

Como se ela pudesse ler minha mente, Paulina dá de ombros. — Podemos colocar na parte interna do seu antebraço. Você sempre usa suéteres pretos. Mamãe não vai ver.

Quem poderia dizer não a um rosto esperançoso em forma de coração? Solto um suspiro resignado e faço uma anotação mental para esfregar a tatuagem amanhã de manhã antes de me juntar à minha família para o café da manhã. — Tá bom. Vou colocar.

Eu a levo pelo corredor até o banheiro. A luz acende assim que abrimos a porta e reflete nos azulejos brilhantes de pêssego e branco em todo o lugar. Sento-me na beira da banheira oval branca e vejo a anã puxar o banquinho de baixo do lavatório para que possa subir e alcançar a torneira. Ela, então, traz um pano molhado e passa no meu braço enquanto espero pacientemente.

Quando ela termina e está radiantemente feliz, a fada vespa aparece na porta. — O que vocês duas estão fazendo aqui? — Ela pergunta e coloca os punhos nos quadris. Pela primeira vez, ela não trouxe sua varinha.

— Eu tatuei o nome de Angel no antebraço dela — Paulina informa.

— Sério? — Brittany dança para nós, batendo palmas quando vê o resultado. — Ah, isso é tão bonito! Você nunca deve lavar o braço novamente e deixar isso para sempre.

— Por quê? Para que eu possa usar meu antebraço como cola, caso eu esqueça meu nome?

Paulina torce o rosto. — O que é uma cola?

— É algo que você usa... ah, não importa. — Melhor mudar de assunto e me impedir de ter que responder mais perguntas inquisitórias do tipo 'o que' e 'por que' que sempre me deixam com dor de cabeça. No andar de baixo, o relógio de pêndulo começa a tocar oito horas. — Hora de dormir, meninas.

As gêmeas sorriem, porque a preparação para a cama começa da mesma maneira sempre que estamos sozinhas em casa. Todo mundo encontra um lugar na cama de Paulina, Brittany traz um livro e eu leio. Fazemos isso antes de todas as outras coisas, como escovar os dentes e trocar os pijamas de flanela, porque Brittany gosta de manter a fantasia até o último minuto.

Eu me deito na cama, encostada na cabeceira, deixo minhas irmãs aconchegarem-se a mim, de cada lado, e abro o livro que Brittany me entrega. É *Peter Pan*. Não estou surpresa. É o favorito delas, e leio este livro para elas noite após noite. As gêmeas falam cada linha comigo enquanto leio.

Com as meninas pressionando cada uma de um

lado, logo fico com calor. Tiro meu suéter por cima da cabeça e o jogo no final da cama e continuo lendo.

— *O pirata levou as crianças a bordo de seu poderoso navio, o Jolly Roger* — Dizemos as três com o mesmo tom dramático em nossas vozes. — *Ele as amarra no mastro central e ri ante os rostos assustados. A tripulação má deu vivas ao capitão, cada um deles agitando uma bandeira nas mãos. Porque todos sabiam que hoje era o dia em que Peter Pan perderia a batalha.*

— Oh, não — Paulina lamenta quando eu respiro e viro a página. — E se o feio Capitão Gancho o pegar desta vez?

Eu reviro meus olhos. Ela sabe exatamente como é esse conto. Mas toda vez que lemos, ela está tão envolvida pela história que seus medos parecem genuínos e suas mãos minúsculas se fecham em punhos trêmulos.

Deixo as meninas olharem as fotos por um tempo, antes de revelarmos o final juntas e todas respirarem aliviadas, incluindo eu. Não sei por que faço isso. Possivelmente por causa da excitação contagiosa das gêmeas sempre que leio a história de *Peter Pan.*

Fecho o livro e coloco de volta na mesa de cabeceira de Paulina. Certamente leremos novamente amanhã à noite. As meninas sabem o que vem a seguir e, sem queixas, ambas vão ao banheiro para escovar os dentes. Enquanto saem, abro as portas francesas que levam a uma varanda vitoriana em semicírculo. Ao luar, os flocos de neve caindo lentamente parecem uma chuva romântica de estrelas.

Uma brisa fria flutua em meu corpo. Arrepios sobem nos meus braços nus e me lembram que as portas francesas do meu quarto estão abertas há duas horas. Fecho a friagem que entra no quarto da minha irmã e volto para o meu. Está muito frio aqui, mas antes de fechar as portas francesas, não resisto a pisar nos flocos que caem. Eu arrasto meus pés pela fina camada de neve na varanda de concreto, deixando um rastro com meus tênis.

Com minhas mãos apoiadas no parapeito de mármore, inclino a cabeça para o céu e pego alguns flocos de neve com a boca. Os flocos derretem na minha língua e mais continuam caindo pelo rosto, onde se enroscam nos meus cílios. Essa é a época do ano que mais gosto. Tudo é calmo e pacífico lá fora. Olho para o nosso amplo jardim inglês e imagino um cervo saindo de trás das poucas árvores nos fundos. Mas nada acontece. Vivemos nos arredores de Londres. Não tem cidade movimentada por aqui, mas ainda estamos muito longe de qualquer floresta para vislumbrar um cervo ou coelho correndo.

— Angel!

Com a boca ainda aberta e a língua pendendo para pegar mais neve, viro para a esquerda e vejo a fada vespa na varanda de Paulina. Estamos separadas apenas por três metros e tem uma árvore plantada perto da casa entre nossas varandas. Eu me endireito. — Qual o problema?

— Você esqueceu seu suéter. — Ela segura minha blusa preta em suas mãos minúsculas.

— Joga! — Eu ando para o lado esquerdo da minha varanda e estico meus braços para pegar a roupa. Mas sua mira é tão ruim quanto o gosto musical de minha mãe, e o capuz se prende na copa da árvore. — Ah, não. — Suspiro e me inclino sobre o parapeito o máximo que posso, mas não há como pegar a blusa. Está presa nos galhos.

Ela está a apenas alguns centímetros de distância, e eu subo na fachada de mármore da casa. Desta forma, sou capaz de me inclinar um pouco mais e finalmente alcançar uma das mangas. Segurando com as pontas dos dedos, tento sair do parapeito novamente, mas está escorregadio por causa da neve e eu deslizo. Um grito agudo sai da minha garganta enquanto luto para recuperar o equilíbrio. Oro para que, de alguma forma, eu caia dentro da minha varanda. Mas quando vislumbro o rosto chocado de Brittany ao cair, sei que vai doer.

Capítulo 2

Angelina

EU CAIO. Um grito escapa de mim. O vento frio me leva em um espiral de ar veloz. Abro os olhos, que por algum motivo mantive fechados até agora. Não há nada ao meu redor. Realmente nada. Vejo um céu azul claro de verão. O pânico aumenta no meu peito. Ainda estou caindo, onde diabos estou?

Em meu punho direito, seguro a manga de um suéter preto que flutua sobre minha cabeça como um balão cheio de hélio. Não faz nada para diminuir minha velocidade. Então, me lembro. *Nossa, a varanda!* Perdi o equilíbrio. Eu já deveria ter caído no chão e quebrado todos os ossos do meu corpo. Então, por que diabos não caí?

Eu me viro e olho para baixo. Nuvens de algodão doce flutuam embaixo de mim. Eu posso ver minha sombra na massa branca e fofa enquanto me aproximo delas, e segundos depois, caio através delas.

Meu grito diminui para um gemido aterrorizado. Ao sair das nuvens, finalmente vejo terra embaixo de mim. Colinas verdejantes, uma selva densa e, ao longe, casas coloridas pontilhando um antigo porto marítimo. A ilha para onde sigo tem o formato de meia-lua. Não há nada abaixo para amortecer minha queda.

Isso é loucura. As pessoas não caem do céu. Puxo o suéter para o meu peito e o abraço apertado com os braços trêmulos. Oh, Deus, vou virar purê em um minuto.

Estou descendo rápido demais na selva. A água azul caribenho que circunda a ilha desaparece da minha vista. Tudo o que há abaixo de mim são árvores e arbustos. Uma árvore mais alta se destaca em uma pequena clareira e passo bem perto da sua copa.

Ao passar pelos galhos mais altos, vejo um rosto entre as folhas. A pessoa ligada ao rosto pula para a frente e para no final do galho mais afastado. Caramba, tem um garoto de camiseta verde escura e calças de couro marrom subindo nos galhos da árvore. Ele me olha caindo com olhar surpreso, depois, coloca as mãos em volta da boca e grita: — Cuidado! Está chovendo meninas hoje!

Demoro um momento para perceber que ele não está falando comigo, mas com um grupo de garotos no chão. Meninos que vou esmagar dentro de segundos. Todos eles inclinam a cabeça e olham para mim com expressões atordoadas. E, então, a coisa mais estranha acontece. Do nada, cada um deles puxa um guarda-chuva preto e os abrem, como se eu pudesse ser afastada como chuva.

ELES FICARAM LOUCOS?

Encarando o meu fim, eu grito com toda a força. Mas pouco antes de aterrissar, algo me pega e me levanta no ar novamente. É o cara de camiseta verde que me salva. — Ugh, garota. Você grita como um porco sendo torturado. Importa-se de parar com isso? — Diz ele, fazendo uma careta e me abraça apertado contra seu peito enquanto voa comigo sobre a selva.

Boquiaberta, fico em silêncio e olho para o rosto dele. Um instante depois, meus braços envolvem seu pescoço num aperto forte.

Ele dá um sorriso malicioso para mim. — Olá.

Não digo nada. Simplesmente não posso acreditar. Este garoto parece um pouco mais novo do que eu, parece totalmente normal, com olhos azuis, cabelos castanhos cheios e tudo mais, mas está navegando no vento térmico como uma pipa. E eu com ele.

— Você tem medo de voar? — Ele me pergunta.

— Eu não sei — minha voz sai rouca. Acho que geralmente não tenho, mas não me lembro de ter sido carregada pelo céu assim.

— Bem, se tem, você não deveria estar pulando das nuvens, saiba disso.

— Eu não estava. — Uma grade escorregadia da varanda deve ter selado minha morte. Então, novamente... e se eu estiver morta? E se este é o outro lado? Eu belisco a bochecha do garoto e ele grita.

Graças a Deus ele sente. Sem sonhos e sem acordar no céu. Um suspiro aliviado escapa pelos meus dentes cerrados.

O cara aterrissa de pé perto de seus amigos – todos adolescentes pela aparência deles – comigo ainda em seus braços. Cuidadosamente, ele solta primeiro minhas pernas e espera até que eu fique firme no chão gramado da pequena clareira antes que ele solte seu aperto em mim. Ele é alguns centímetros mais alto que eu e esbelto. A mãe dele não o alimenta o suficiente? Mas, então, ele provavelmente ainda não está totalmente crescido. A maioria dos meninos por volta dos dezesseis anos parece um pouco mal-alimentada.

Ele estende a mão. — Eu sou Peter. Peter Pan.

Com alguma relutância, eu a aperto. — Eu sou... — Eu começo, mas é tudo. Por algum motivo estranho, não há informações sobre mim armazenadas em minha mente. Que diabos...?

Ele inclina o queixo baixo e procura meu rosto. — Você esqueceu seu próprio nome?

— Obviamente — Admito, totalmente desamparada, franzindo o rosto. — E o que é pior, não tenho ideia do porquê caí do céu.

— Você não sabia o que fazia nas nuvens? — Peter insiste.

— Não. A última coisa que me lembro é de cair de um lado da minha casa, em Londres. É inverno. Tudo deve estar coberto de... — Insegura, olho em volta e acrescento: — Neve.

— Onde é Londres? — Um dos meninos sussurra

para o outro. — E o que é neve?

— Eu não sei — Diz o outro. — Talvez ela tenha ficado doida.

— Ooh, isso é ruim — O primeiro sussurra de volta, alto o suficiente para que todos possam ouvir. — Aposto que Gancho a atingiu com uma bala de canhão.

Passo meus dedos nos meus cabelos e olho para mim mesma. Tudo parece bem. Eu certamente não fui atingida por uma estúpida bala de canhão.

— O que é isso? — Peter pega minha mão mais uma vez e a torce para que a parte interna do meu pulso fique para cima. — Angel — Ele lê em voz alta. — Talvez esse seja o seu nome? Faria sentido tê-lo tatuado em você, já que você parece esquecê-lo.

Examino as letras roxas na minha pele. Estrelas estão espalhadas abaixo do nome. Isto é real? Parece familiar, mas não me lembro quando a fiz. Esfregar o polegar sobre a tatuagem não a faz desaparecer. — Poderia ser — Concordo com Peter.

— Bem, então, prazer em conhecê-la, Angel! — Ele aplaude e aperta minha mão novamente como se tivéssemos acabado de nos conhecer. — Bem-vinda à Terra do Nunca.

— Terra do Nunca... — Eu testo o som da palavra na minha língua. O nome não me parece estranho. Em algum lugar distante em minha mente. Muito longe para eu alcançar. Seja como for, sempre fui desleixada em geografia. No entanto, nem tanto em física – eu sei de fato que os humanos não deveriam voar. Então, a pergunta realmente incômoda é a seguinte: A Terra do

Nunca é real ou estou ficando gagá?

Quando Peter me solta, os meninos agarram minha mão um após o outro e se apresentam com entusiasmo. Todos têm entre catorze e dezesseis anos, mas pulam para cima e para baixo como pré-escolares animados.

— Olá, Angel, sou Skippy! — Um deles grita na minha cara. Ele tem orelhas incrivelmente grandes e enormes olhos redondos. Ele me lembra um elfo, embora tenha dentes inclinados como um troll.

— Sou Sparky! — Diz o próximo, já pegando minha mão esquerda antes que Skippy solte a minha direita.

— Este é Toby, e eu sou Stan!

— Como está, Angel? Sou Loney.

— Meu nome é Skippy!

Sim, ouvimos isso antes.

— Eu sou Toby!

— Eu sou Sparky!

— Skippy, sou eu!

Mais apertos de mãos e vou ficar tonta. Os garotos puxam meus braços e me fazem virar de um lado para o outro. Eles riem e continuam me dizendo seus nomes como se cada vez fosse a primeira.

— Garotos Perdidos, deixem-na em paz! — Peter Pan grita sobre o barulho e eu tenho minhas mãos de volta para mim. Eu lanço a ele um olhar agradecido. Ele assente e depois dá um passo à frente e pega o suéter que eu deixei cair quando todos ficaram tão animados comigo. Quando ele o segura e olha o lado da frente, suas sobrancelhas se unem. — Você é amiga do Capitão Gancho?

Eu espelho sua expressão. — Capitão quem? — Sabendo que sua pergunta tem algo a ver com o que ele vê no meu suéter, eu o pego, mas Peter o afasta rapidamente, então, ele impulsiona o chão e levita para fora do meu alcance. É totalmente louco ver esse garoto voando como uma droga de um balão.

— Capitão Gancho — Ele repete com um grunhido de repreensão e vira meu suéter para que todos vejam a imagem de *Piratas do Caribe* na frente. É um crânio com uma bandana e tochas cruzadas queimam atrás dele.

Todos os meninos suspiram alto e dão um passo para trás. Dois para Skippy. — Você tem certeza de que não é um dos piratas dele? — Ele inquire.

— Pareço pirata? — Contra-argumento, mas rapidamente fecho a boca e me inspeciono. Eu *pareço* uma pirata? Estava vestindo as mesmas roupas de alguns minutos atrás, quando brincava com as gêmeas: jeans azul, camiseta preta e tênis cinza claro. Elas não parecem as roupas certas para um navio pirata, mas quem pode dizer o que é normal neste lugar, já que há um garoto pairando dois metros acima de mim?

Peter joga o suéter em mim. — Se você é um dos espiões dele, pode dizer ao seu capitão que ele nunca pegará o tesouro! E mandar garotas está tão abaixo dele.

— Ei! — Eu cruzo os braços sobre o peito. — Eu não conheço nenhum pirata! Eu moro em um bairro exclusivo nos arredores de Londres. Temos uma casa enorme e limpa, cozinheira e governanta, e todo segundo sábado do mês meus pais fazem um banquete para amigos e parceiros de negócios. Ninguém espeta ninguém com um sabre lá!

— Então, você admite que conhece os costumes de pirataria! — Peter me acusa. Reviro os olhos em recusa a essa situação inacreditável e esfrego as mãos no rosto. Lentamente, Peter levita para cima e para baixo na minha frente algumas vezes, coçando o queixo. — Certo. Digamos que você não seja uma pirata. O que devemos fazer com você, então?

Solto um longo suspiro e sugiro com uma onda de esperança: — Me ajude a voltar para casa na Inglaterra?

Franzindo os lábios, ele considera. — Ok. Nós podemos fazer isso. — De repente, seu rosto se ilumina. — Amanhã!

— Não, espere! Eu tenho que... — Mas é tarde demais. Peter cambaleia no ar e desce para alcançar debaixo dos meus braços, me cortando. Não tenho chance de escapar. Ele me levanta de novo e voa comigo para o topo da árvore. Eu grito até o fim. Quando ele pousa em um galho grosso, balança as sobrancelhas. — Deixe-me mostrar-lhe a nossa casa.

Casa? Eu tento dar uma olhada ao meu redor para distinguir uma casa em algum lugar próximo, mas além da selva espessa, não vejo nada. E, então, Peter me empurra para frente. — Que diabos... — Eu caio no meio da árvore. Tudo fica escuro. Parece que estou caindo direto pelo tronco, o que é totalmente doido. Que terra estranha é essa?

Eu caio como um kamikaze alguns metros e sinto a superfície lisa de um escorregador nas minhas costas. Colocando-me numa nova direção. Girando em espiral, desço e, se este não foi o momento mais assustador desde que caí nas nuvens, seria realmente divertido. O escorregador leva ao centro da árvore, que parece ainda maior por dentro. Na minha descida louca, olho o interior da árvore com os olhos bem abertos.

O tronco é completamente trabalhado. Existem pequenas janelas embutidas na casca e vejo fotos penduradas na parede redonda. Cabines de dormir acolhedoras nos lados, onde grandes galhos brotam do tronco e escadas de corda descem de cada um deles. Incrível.

Isso é uma loucura!

O escorregador termina abruptamente e sou catapultada para um trampolim. Caindo deitada toda aberta, respiro fundo e espero até que o balanço da rede pare. Nossa, que passeio!

— Abram caminho! — Mal tive tempo de me recompor, quando o aviso de Peter surge do nada. Um momento depois, Loney, o garoto com um chapéu de pele de raposa que ainda tem orelhas, vem deslizando na minha direção. Peter deve ter levantado-o para o topo da árvore como eu.

Em pânico, saio do trampolim e espero até que todos os garotos desçam, um a um. Peter é o último a chegar. Ele, é claro, não sai do trampolim, mas simplesmente desliza pelo ar bem na minha frente. Curvando-se profundamente, ele abre os braços. —

Bem-vinda ao Império do Pan.

— Seu império é em uma árvore inteira? — Eu zombo dele.

— Sim. Mas você ainda não viu tudo. — Ele passa um braço em volta dos meus ombros e me puxa junto dele. — Aqui é onde comemos quando temos sorte na caça aos coelhos.

Os três segundos que ele me concede para olhar em volta da área espaçosa dominada por uma enorme mesa redonda de madeira com oito pedaços de tronco de árvore como cadeiras dificilmente parecem suficientes para apreciar toda a beleza deste lugar. Caminhamos para um local logo atrás do trampolim coberto de colchões. Vejo muitas cordas e redes e dormir.

Peter me pega de surpresa e me empurra para frente. Caio de frente em uma pilha de travesseiros e rapidamente rolo de costas. — Por que você fez isso?

Em vez de uma resposta, ele joga uma espada em mim. Cubro minha cabeça com os braços para me proteger. A espada para na minha barriga tirando um *ugh* dos meus pulmões. É esculpida em madeira. Graças a Deus, é apenas um brinquedo, e não medieval, de ferro.

— Se você quer se tornar um de nós, precisa aprender a lutar — Ele me diz com um brilho nos olhos enquanto puxa outro sabre de madeira do cinto em volta da cintura e me ataca.

Como uma tartaruga atrapalhada, tento me defender de seus golpes, mas cada vez que seu brinquedo de madeira bate no meu, uma vibração desagradável sacode meu braço. Fico em pé e bloqueio seu próximo golpe. Isso foi realmente muito bom da minha parte. Abro um sorriso. Mas um segundo depois, Peter, de alguma forma, torce a espada da minha mão e ela voa em um arco alto do outro lado da sala. Ele me empurra de costas novamente e coloca a ponta do sabre na minha garganta. — Fim de jogo.

Toby pega minha arma e se aproxima. Ele fecha o nariz e zomba de mim imitando o som de uma vaca fazendo cocô. Gotas de sua saliva pulverizam em uma névoa. — Essa foi uma tentativa patética de se tornar um Garoto Perdido, Angel.

— Eu não pretendo ser um! — Eu me levanto e passo por Peter e o garoto que usa seu cabelo preto em um rabo de cavalo torcido e saio do ninho de travesseiros e colchões.

Peter está ao meu lado num segundo novamente, pegando minha mão para me arrastar. — Não fique triste. Praticaremos com você todos os dias e em breve você se dará bem conosco.

Praticar? Se dar bem? Ele não acabou de me ouvir? — Eu não vou morar aqui, Peter. Eu disse que preciso encontrar o caminho de casa. — Faço uma pausa. — E o que é esse negócio de Garotos Perdidos, afinal?

— Podemos discutir isso mais tarde. Primeiro, quero que você conheça alguém. — Ele sorri, a espada de madeira ainda na mão.

Embora houvesse várias janelas no meu caminho até aqui, noto que este lugar é estranhamente escuro para a luz do dia, mas colorido em um brilho suave.

Não há janelas nesta seção, portanto, procuro a fonte de luz.

— Velas? — Eu exclamo quando olho ao redor para encarar Peter. — Dentro de uma árvore? — Candelabros estão em todos os lugares. Nossas sombras dançam na parede e, por um pequeno segundo, acho que a sombra de Peter está zombando de mim, levantando seus ombros, mesmo que o próprio Peter apenas me olhe com as mãos nos bolsos.

Estou ficando com um pressentimento muito ruim aqui.

— Relaxe, Angel. — Peter revira os olhos. — Podemos não ser adultos, mas não somos estúpidos. Sabemos como lidar com fogo. Mas — Ele muda de assunto e me arrasta pelo playground do colchão em direção a uma pequena porta —, este é o quarto de Tameeka. Vamos torcer para que ela esteja em casa.

Ele disse quarto? Mas tudo isso é grande demais para caber em uma árvore. Como isso é possível? Eu passo a palma da minha mão na parede ao lado da porta. É feita de pedra. E lama. Começo a entender; não estamos mais dentro da árvore. Este lugar é construído abaixo dela, na terra. Que ideia brilhante! Agora está claro por que eles precisam de todas as velas.

Peter bate na porta e eu fico parada até ela se abrir. Uma garota magra, talvez com oito anos de idade, coloca a cabeça loira e dourada para fora. Quando vejo seus brilhantes olhos verdes e suas orelhas pontudas olhando através da porta, ofego.

— Tami, conheça Angel — Peter nos apresenta

quando Tameeka sai do quarto. — Angel caiu do céu hoje.

Vendo sua figura feminina completa, coloco minha mão na boca. Isso não é uma criança normal. Ela usa um vestido curto feito de folhas de hera e há um par de asas de borboleta transparentes presas nas costas. *Meu Deus, estou dopada por algum tipo de cogumelo mágico?*

Tami se aproxima, dá uma pirueta e faz reverência na minha frente. — Prazer em conhecê-la, Angel. — Sua voz soa como sinos de Natal. — Você se perdeu?

— Bem... sim — Murmuro, apertando sua pequena mão élfica. — Como você sabia? — Mas, considerando que há uma casa construída em uma árvore, Peter pode voar, e ela é algo mais próximo de uma fada do que uma criança humana, não deveria me perguntar, na verdade.

Tami inclina a cabeça e sorri como se eu não entendesse o óbvio. — Todo mundo que Peter traz aqui se perdeu de alguma forma.

Eu me viro para Peter Pan com as sobrancelhas arqueadas. — Sério? — Então, meu olhar passa para os meninos na sala.

Eles evitam o meu olhar, enfiam as mãos nos bolsos e rastejam os dedos dos pés no chão. Todos menos Sparky. O garoto robusto apenas descasca uma banana e a joga na boca, sorrindo e encolhendo os ombros. — A Terra do Nunca é legal. Nenhum de nós nunca quer sair dela — Ele me diz perto de um cacho de bananas.

Olho para Peter. — Você trouxe todos os garotos

aqui para morar com você?

— Bem... — Ele parece defensivo de repente quando pula para trás em uma das redes, onde balança vagarosamente para frente e para trás. — Eu dei a eles uma casa quando eles não sabiam para onde ir. Toby e Stan foram jogados na praia pela maré um dia; Skippy estava pendurado em uma árvore quando o encontrei e tive que salvar Sparky e Loney das garras do Capitão Gancho. A escolha deles foi ficar.

E novamente aquele nome: Gancho. Toda vez que alguém menciona esse nome, os meninos fazem uma careta. — Quem é esse capitão do qual Sparky e Loney precisaram ser resgatados? — Eu quero saber.

— Ooh, Gancho é o homem mais feio, mais cruel e mais assustador da Terra do Nunca — Stan me diz com um olhar cruel e dedos em garras. Todos os outros concordam com acenos entusiasmados. — Seu rosto tem uma cicatriz horrível, seu nariz é mais longo que o bico de um corvo e há um gancho no seu braço direito. — Ele puxa o zíper do colete de pele de urso, como se falar de Gancho lhe desse calafrios. — Ele é o pior pirata navegando nessas águas. Seu único objetivo é roubar nosso tesouro, e ele não mede esforços para obtê-lo. Ele faria todos nós andarmos na prancha com as mãos amarradas em um piscar de olhos.

— Na verdade, Peter teve que nos salvar mais de uma vez no passado — Acrescenta Skippy em um tom muito sério. Então, ele pressiona as mãos sobre os ouvidos de Tameeka e sua voz abaixa num sussurro. — Gancho nunca se cansa de fazer novos planos para sequestrar nossa pequena duende e roubar o mapa da cova do tesouro.

Tami o afasta e zomba na cara dele, de pé na ponta dos pés. — Você não precisa fazer isso o tempo todo. Não sou um bebê. Sei o que ele está procurando.

Skippy a acalma, segurando as palmas das mãos para cima. — Apenas tentando ser delicado.

— Você? Delicado? Hah! — Peter ri e sai voando da rede. Ele dá um tapa na cabeça de Skippy com a espada de brinquedo. — Os tubarões ao redor do Jolly Roger são mais delicados que você.

Skippy aceita o desafio e corre para pegar outra arma de madeira do playground do colchão. Os Garotos Perdidos gritam e aplaudem quando Peter e Skippy lutam uma batalha perfeita, onde nenhum deles consegue tocar o outro com sua espada.

Eu os assisto profundamente fascinada, até que alguém puxa minha mão. Virando a cabeça, encontro Tami ao meu lado. Ela suspira. — Ele faz isso o tempo todo.

— O quê? Começa uma briga?

— Não, eles não estão brigando de verdade. — Ela ri. — É apenas um jogo. Peter não gosta que falemos muito a sério.

— Peter também é um Garoto Perdido? — Pergunto-me em voz alta.

— Oh, não! — Quando ela balança a cabeça, um pó dourado chove de seus cabelos. — Ele é o único que veio aqui por um motivo. Ele nunca quis crescer. Então, ele fugiu.

Suas palavras me intrigam, mas mais ainda o ouro que chove. Pego um pouco e esfrego entre os dedos. Desaparece. — O que é isso?

— Pó Mágico. Você nunca ouviu falar disso?

Eu deveria ter ouvido? Eu inclino minha cabeça e nego.

Um sorriso lento se espalha em seu rosto infantil. — Com o pensamento certo em mente, ele pode ajudá-la a voar.

Voar. Como Peter? Droga, se eu não caí direto em um conto de fadas. — Receio que não exista de onde venho.

— De onde *você* vem?

— Uma cidade na Grã-Bretanha. Chama-se Londres. — Cheia de esperança de obter uma reação de reconhecimento dela, levanto minhas sobrancelhas.

— Ah, entendo. Londres — Ela responde com um olhar significativo. A antecipação aperta meu coração. Então, ela faz um biquinho com os lábios. — Nunca ouvi esse nome antes.

Seguro minha cabeça entre as palmas das mãos e gemo, a frustração tomando controle. Isso não pode ser verdade. Alguém aqui deve saber sobre minha cidade natal. — De onde vêm os Garotos Perdidos? — Questiono então. — Quero dizer, onde eles moravam antes de serem jogados pela maré nesta ilha?

— Os meninos não se lembram de onde vieram. Ninguém sabe. — O tom de Tami é prosaico. — E é melhor assim também. Acho que se eles soubessem, tentariam voltar para casa.

— Como você pode dizer isso? Claro que eles deveriam tentar ir para casa. Eles certamente têm famílias que estão sentindo a falta deles.

A fadinha encolhe os ombros. — Talvez tenham, talvez não. De qualquer forma, isso não importa agora. Quando eles escolheram morar aqui, a Terra do Nunca os abraçou completamente. Eles fazem parte dela agora. Você já ouviu Sparky antes. Ninguém quer sair novamente. — Ela dá um sorriso caloroso e acolhedor.

Meu coração se aperta e me sinto totalmente perdida e sozinha. Não quero me tornar parte da Terra do Nunca. Quero ir para casa para as gêmeas e meus pais. O que acontecerá com Brittany e Paulina sem mim? A fadinha vespa me viu cair. Elas vão correr para fora. O que elas farão quando perceberem que não estou mais lá... no mundo delas?

Um calafrio, frio como uma bola de sorvete, desliza pela minha espinha. Isso é demais para a minha mente. Quando olho para Tami mais uma vez, lembro o que ela disse sobre Peter antes. Sobre seu desejo de nunca crescer. — Quantos anos tem Peter?

As delicadas asas de borboleta de Tami começam a bater. Ela sai do chão, faz um círculo em volta de mim e desce do meu outro lado, rindo. — Quantos anos ele parece ter para você?

Deixo minha atenção vagar de volta para os meninos em luta e estudo o rosto de Peter Pan por um momento. — Dezesseis?

Tami balança a cabeça e mais pó mágico se espalha. — Ele tinha quinze anos quando saiu de casa e veio morar na selva. Isso foi há muito tempo.

Esfrego o pescoço e chego à conclusão de que nada funciona direito na Terra do Nunca. Este é um lugar seriamente estranho. — E todos os meninos têm a mesma idade...

— Enquanto eles estiverem aqui — Ela termina minha frase.

— Isso significa que, se eu ficar, terei dezessete anos para sempre?

— Sim.

Caramba, não quero ficar presa no corpo de uma adolescente por toda a eternidade. Quero crescer. E o fato de os garotos não se lembrarem de onde vêm? E se eu também esquecer minha família um dia? Passando as mãos na cabeça, respiro com medo. — Realmente, não posso ficar aqui. Eu tenho que ir. Agora.

Alguém coloca um braço em volta dos meus ombros. Quando olho para cima, estou cara a cara com Peter. — Eu disse que vou ajudá-la amanhã — Ele me garante. — Vai escurecer em algumas horas. Como você é nova na selva, não seria uma boa ideia andar sozinha à noite.

— Peter está certo — Toby o apoia. — Fique esta noite, coma conosco e conte-nos tudo sobre você. Qualquer informação pode ajudá-la a voltar à sua trilha.

Pelas janelas mais altas da árvore, a luz do dia já está ficando mais fraca. Talvez seja melhor acampar com Peter e os Garotos Perdidos e começar minha exploração amanhã de manhã cedo. Afinal, não posso fazer isso sozinha. Felizmente, mamãe e papai logo estarão em casa, para que as gêmeas não entrem em pânico ou algo terrível lhes aconteça.

Com um aceno de cabeça, eu concordo e deixo Peter me arrastar para a área com a mesa larga. Loney e Skippy acendem um fogo na lareira e preparam algo que parece um coelho sem pele num espeto. Obviamente, vamos comer coelho assado hoje à noite. Gostaria de saber se isso é algo que eu vá gostar.

Capítulo 3

Angelina

O COELHO ESTÁ excelente, e a melhor coisa desse jantar é que há muito e muito leite com morango para ajudar a descer tudo. Melhor jantar que já tive.

Ajudo Tami e Toby a limpar a mesa, mas quando volto para a segunda leva de pratos, Peter agarra meu braço e me puxa para o lado. — O que acha? Devo fazer um rápido tour contigo pela Terra do Nunca antes que a noite caia?

Uma caminhada pela selva? Talvez eu descubra uma maneira possível de sair desta ilha enquanto exploro. Ótimo! Assim não preciso esperar até amanhã. — Deixe-me pegar minha blusa, então, podemos sair por aí.

— Sair por aí... — Peter diz, testando as palavras enquanto eu visto meu suéter preto.

Quando o puxo para baixo, um grito estridente ecoa pelas paredes da árvore. A pequena duende com orelhas pontudas corre para o quarto, deixando um rastro de poeira dourada em seu caminho. Com um estrondo alto, sua porta se fecha.

— Que diabos... — Não consigo terminar minha frase. Cada um dos meninos na sala aponta para o crânio na minha blusa. Na verdade, eles parecem ridículos com os braços estendidos. Eu faço uma cara envergonhada.

— Tire Tami de lá e diga a ela que Angel não é uma pirata — Peter instrui Sparky, que está passando a mão aleatoriamente sobre seu cabelo raspado. — Angel e eu temos que ir agora, ou vai ficar muito escuro para o passeio.

Enquanto os meninos conversam com Tami através da parede, me aproximo de Peter, esperando que ele me mostre uma porta que dê para fora da casa na árvore subterrânea. Para minha total surpresa, ele apenas me pega em seus braços como no início da tarde e se levanta comigo no ar. — O que você está fazendo? — Grito.

Ele para e paira alguns metros acima do solo. — Pensei que você quisesse explorar?

— Quero. Mas por que precisamos voar de novo?

— Porque é a maneira mais fácil. Você está assustada?

— Não de voar. Só tenho medo de ser pesada demais e você me derrubar. A duzentos metros.

— Sim, agora que você mencionou... — Peter

parte em direção à abertura no topo da árvore, mas está voando como um bêbado, balançando para todos os lados. — Uau. Garota, acho que não posso mais te segurar!

— *O quê?* — Estamos na metade do tronco.

— Sinto muito! — Ele balança da esquerda para a direita, perdendo claramente o equilíbrio. — Você é muito pesada!

De repente, ele não me segura mais e estou despencando. Bato os braços mas não adianta. Um momento depois, a gravidade me joga no trampolim e me atira de volta. Eu suspiro quando Peter me pega e balança as sobrancelhas. Ele voa comigo para fora da árvore. O riso dos Garotos Perdidos nos segue.

— Muito engraçado — Rosno, colocando meus braços firmemente em volta do pescoço dele desta vez.

Calmamente, Peter responde: — Sim, foi. — Então, ele revira os olhos e sorri. — Muito pesada para mim...? Garota maluca.

O sol laranja profundo desliza baixo no horizonte enquanto voamos pelo céu. O estranho é que Peter me diz que estamos começando pelo norte e, se ele é confiável, a esfera brilhante está baixando no lado leste da ilha.

Francamente, por que isso me surpreende?

— Olha! Lá embaixo está a Lagoa das Sereias — Peter diz no meu ouvido.

Inclino minha cabeça para vislumbrar. Estamos logo acima do pico norte da Terra do Nunca. O mar azul do Caribe brilha nos últimos raios de sol do dia.

Moças com cabelos compridos bonitos e rabos de peixe brincam nas ondas, gritando para nós que devemos descer e encontrá-las.

— Você conhece essas garotas? — Pergunto a Peter enquanto descemos para a costa rochosa do norte.

— Algumas delas. As sereias são geralmente pessoas tímidas, mas uma vez que as conheçam, meio que são legais. — Ele ri, e tenho certeza de que está lembrando de algo compartilhado com as sereias.

Peter me coloca na praia e acena para as meninas na água. — Ei, Melody! Venha conhecer minha nova amiga!

Uma das sereias se separa do grupo e tira a cabeça da água a vários metros de nós. Ela coloca os cabelos ruivos e molhados atrás das orelhas, enquanto os longos fios flutuam na água ao seu redor e nos dá um sorriso tímido. — Olá, Peter. Não te vejo há um tempo. Quase comecei a acreditar que Gancho tinha te pegado no final.

— Nunca! — Peter ri e estufa seu peito como um galo orgulhoso. — No dia em que Gancho pegar Peter Pan é o dia em que o sol se põe no Oeste.

Eu acho que para a Terra do Nunca isso é uma metáfora.

— Seria um dia triste para todos nós — Responde Melody. Então, seu olhar curioso vagueia para mim.

Peter coloca a mão nas minhas costas, mas sua atenção ainda está na sereia. — Esta é minha amiga, Angel. Caiu das nuvens hoje. — Ele se inclina um pouco para a frente e acrescenta em um sussurro alto:

— Ela se perdeu.

— Todos não se perdem? — Melody ri com um som que aquece a alma e dá um giro para trás na água. Ela chega um pouco mais perto de nós em seguida. Na verdade, perto o suficiente para pegar minha mão.

— Uau! — É o que digo como saudação. — Estou apertando a mão de uma sereia.

Os olhos verdes de Melody começam a brilhar com uma pitada de malícia e, de repente, ela puxa com força a minha mão. — Entre e brinque com a gente!

Eu suspiro quando me desequilibro.

— Ah, não! — Peter ri. — Hoje não, Mel. — Ele já passa o braço em volta da minha cintura, impedindo-me de mergulhar de cabeça nas ondas. — Quero mostrar a Angel nosso tesouro, visto que estamos com a maré baixa. Talvez voltemos amanhã para brincar.

Nota pessoal: se você não estiver vestindo uma roupa de banho, mantenha uma distância segura das sereias no futuro.

Melody faz beicinho e bate os cílios, mas no momento seguinte ela sorri novamente e joga água em nós com seu poderoso rabo de peixe antes de mergulhar nas ondas e nadar. — Vejo você amanhã! — Ela grita por cima do ombro.

Sim. Amanhã, eu acho, e percebo que Peter ainda está me abraçando junto ao seu peito. — Você tem amigos loucos, sabia disso, Peter Pan?

— Ah, você vai adorar quando se acostumar a viver na Terra do Nunca. Prometo que nunca mais vai querer sair.

Ele está certo. Essa ilha dos sonhos parece boa demais para ser verdade. Duendes, casas nas árvores e sereias... Quem não gostaria de morar num lugar como esse? Por outro lado, em casa, tenho meu próprio quarto e não tenho que dividir uma árvore com seis garotos imaturos e uma duende estridente. Também sinto falta de minhas irmãs e nunca trocaria a aventura de andar de ônibus vermelho de dois andares por um voo nos braços de um cara desengonçado.

— Você está pronta para ir? — Peter interrompe meus pensamentos.

Eu assinto. — Para onde?

Levantando-me em seus braços novamente, ele impulsiona para fora da praia e desliza para o mar. — Ilha do tesouro — Me diz ele. — Se você não pode voar, só consegue alcançá-la com um barco. E só encontrará quando a maré estiver baixa.

— Verdade? Por quê?

— Na maré baixa, o topo da rocha se projeta da água. Há uma caverna com um buraco no topo. Nós o selamos com um alçapão. Dessa forma, nenhuma água entra quando a maré está chegando. E Gancho não consegue encontrá-la, porque ele só pode sair com o navio quando a maré está alta.

— Muito esperto — Concordo com seu sorriso presunçoso.

Voamos cerca de 800 metros até finalmente chegarmos a uma formação rochosa que se parece com velas de aniversário em um bolo. Peter pousa na rocha mais próxima de nós e então fala: — Agora, segunda à direita. — Como se nós dois estivéssemos sem peso, ele dá um salto semelhante a uma gazela de nossa rocha para a próxima e para a próxima. Esta é um pouco maior que as outras. Peter me coloca no chão e começa a tirar pedras do caminho. Ajudo-o a encontrar um alçapão quadrado de madeira embaixo. Minha ansiedade aumenta quando ele pega uma chave do bolso e abre a porta. Ela cai abrindo-se de um lado. O cheiro de água do mar e cobre oxidado flutua no meu rosto.

Peter se endireita, me dando um olhar provocador. — Ok, para descer até lá, você tem que realmente me abraçar. A porta é pequena demais para carregar você em meus braços.

Entendo o que ele quer dizer, mas me sinto um pouco estranha quando passo meus braços em volta do pescoço dele e ele me puxa para mais perto. Como um casal abraçado, deslizamos pela vigia. Uma forte escuridão nos rodeia. Não sei dizer até onde realmente descemos, mas depois de alguns segundos, sinto algum tipo de chão sob meus pés. Algo formiga quando mudo meu peso de um pé para o outro.

— Espere aqui — Peter ordena, então, ele me deixa sozinha no escuro. Eu posso ouvi-lo correr em algum lugar à minha esquerda. Momentos depois, as chamas quentes de uma tocha iluminam a caverna.

Eu respiro fundo. — Ó meu Deus!

Peter voa de volta para mim. — Você gosta disso?

Em um frenesi selvagem, eu agarro sua gola, puxo-o para perto até nossos narizes tocarem e grito: — Isso é inacreditável!

Três quartos do chão da caverna estão cobertos por montes e montes de moedas de ouro, cálices de prata, espelhos pontilhados de pedras preciosas e todos os tipos de joias. Eu estou na pilha mais alta, jogando moedas tilintando em todas as direções enquanto eu caio de bunda e deslizo para um lado. O desejo de mergulhar na pilha e nadar na piscina de dinheiro como o *Tio Patinhas* toma conta de mim, mas a voz de Peter me arrasta para fora do meu fascínio.

— Vem. Quero te mostrar o resto do nosso tesouro.

Arregalo meus olhos para ele. — Tem mais?

— Só um pouquinho. — Ele me puxa pelas colinas de ouro, em direção a um enorme baú de madeira pesado em um canto. Quando abre, milhares de diamantes e pedras multicoloridas brilham à luz da tocha.

Passo minhas mãos nelas, tentando lembrar de respirar. — Onde você encontrou tudo isso?

Peter encolhe os ombros. — É o tesouro de Gancho. Nós roubamos dele há algum tempo.

— Você roubou o tesouro de um pirata? Meu Deus! Agora eu entendo por que esse cara está atrás de você.

— Ah. — Ele acena uma mão desdenhosa para mim. — Se não fosse por nós, Gancho já estaria entediado até a morte. Ele pode se considerar sortudo por estarmos cuidando dele assim.

— Sim, certo. — Eu rio e dou um olhar alegre

para ele. — Você é uma pessoa tão *generosa*, Peter Pan, não? — Ele me dá um meio sorriso de volta. Então, vejo um baú menor logo atrás de seus pés. — O que tem ali?

Seguindo a direção do meu olhar, Peter levanta o baú prateado, que na verdade não é maior que uma caixa de sapatos, do chão úmido e sopra a tampa. A nuvem de poeira subindo me faz espirrar duas vezes. — Ninguém sabe o que tem aqui — Ele me diz. — Está selado com essa fechadura de ferro e Gancho ainda tem a chave. Ele carrega-a em uma corrente em volta do pescoço.

Passo meus dedos pelos entalhes no metal. — Você tentou abri-lo?

— Com uma pedra, com um machado, jogando-a do topo de uma montanha, tentando derreter a fechadura de ferro... você escolhe.

As marcas de fogo ainda são visíveis e me fazem rir. — Não há chance de pegar a chave?

— Há anos que tento pegar essa chave, mas é a única coisa que ainda não conseguimos tirar de Gancho.

— Entendo. Talvez você deva negociar com ele. Comprar a chave com parte de próprio tesouro dele?

— De jeito nenhum! — Peter dá um sorriso esperto que o faz parecer muito mais jovem. — Um dia pegarei essa chave. Só espera.

Inclino minha cabeça, mas hesito em responder. Para mim, parece que Peter realmente não quer tanto essa chave. É mais a verdadeira aventura de tentar roubá-la que o mantém motivado. — Espero estar aqui para ver quando esse dia chegar — Respondo e só então percebo o quanto isso seria impensado para mim.

— Oh, você pode. — Peter coloca o baú de volta e pega minha mão, me puxando para o topo da maior colina de ouro. — Você pode ficar aqui. Com os Garotos Perdidos e eu. E Tami. Para sempre.

Para sempre não é uma opção para mim. — Para você me ensinar a me pendurar nas árvores e me tornar um Garoto Perdido como os outros? — Eu zombo de Peter e jogo um punhado de moedas nele.

— Por que não? Você seria a primeira *garota* perdida na Terra do Nunca. E eu faria de você uma brilhante lutadora de espadas também. — Ele joga algumas moedas de volta em mim, eu me desvio. Quando eu me endireito novamente, ele acerta meu rosto com um colar de pérolas. — Pense: poderíamos roubar a chave de Gancho juntos.

Lembrando como Toby mencionou uma bala de canhão quando os conheci essa tarde, faço uma careta. — Parece tentador, mas... não. Não estou de forma alguma interessada em conhecer esse pirata horrível.

— Ah, você não sabe o que está perdendo. — Peter se inclina e puxa uma pequena flauta de prata entre as moedas. — A Terra do Nunca é o lugar mais maravilhoso de todos. — Com o instrumento entre os dedos, ele levita alguns metros acima, cruza as pernas como se estivesse sentado em um tapete mágico invisível e começa a tocar uma música adorável.

Eu levanto minha cabeça. — Você é músico?

— Só conheço esta música. Você toca flauta?

Eu dou de ombros. Nunca tentei, mas não pode ser muito difícil. Peter joga a flauta para mim. Cuidadosamente, coloco meus dedos sobre os pequenos orifícios no fino tubo de metal e sopro, levantando dedos aleatórios. O som é horrível.

Peter e eu fazemos uma careta ao mesmo tempo e simultaneamente dizemos: — Não...! — Não há nenhum talento musical escondido em mim. Jogo a flauta para longe e ela cai na pilha do tesouro novamente com um barulho. — Vamos voltar?

Peter assente e, em seguida, me agarra pela cintura e voa pelo alçapão antes que meu grito de surpresa saia da minha garganta. Juntos, cobrimos a entrada com pedras novamente, então, ele me leva de volta à ilha. Já está escuro quando ele pousa em uma colina em algum lugar perto da selva. Esticando seus membros, ele se espalha no chão.

Sigo o exemplo e estudo as muitas estrelas no céu aveludado. A grama ainda está quente do sol e cheira muito bem. — Adoro deitar na grama em casa num dia quente como este — Digo na noite silenciosa.

— Se ficar, poderá fazer isso todos os dias. Nunca há um dia de mau tempo na Terra do Nunca.

Fascinada, rolo ficando de bruços e olho para seu rosto ousado. — Nunca?

— Jamais! Paravra de duende. — Com o dedo indicador direito, ele cruza o coração e sorri. — Então, o que você acha? Temos uma cabine de dormir vazia em nossa árvore. É o tamanho perfeito para você. —

Ele balança as sobrancelhas da maneira típica que eu conheci hoje.

— Você está travando uma batalha suja, Peter Pan. E está absolutamente certo, a Terra do Nunca é realmente incrível.

Seu sorriso se abre mais com as minhas palavras.

— Mas você tem uma turma de bons amigos ao seu redor — Argumento. — Você ama todos eles, não? — Quando ele assente, continuo: — Então, consegue entender por que devo partir? Em Londres, minhas irmãs mais novas estão me esperando. Sentiriam muito a minha falta se eu nunca voltasse. E sinto muita falta delas.

Por um breve momento, ficamos os dois em silêncio. Espero Peter dizer alguma coisa, para me mostrar que ele entende minha necessidade de voltar. Mas ele não diz nada. Então, pergunto: — De qualquer maneira, por que você quer que eu fique?

— Porque você é uma garota... e garotas sabem contar histórias.

— Histórias? É isso? — De alguma forma, me sinto um pouco decepcionada com a resposta dele.

— Bem, sim. — Ele encolhe os ombros e coloca os dedos atrás da cabeça, olhando para o céu. — Acho legal ter alguém para contar histórias antes de dormir.

Conheço muitas histórias, e as gêmeas me amam lendo os livros ilustrados todas as noites antes de dormir. Pensando sobre isso, qual foi a última história que li para elas? Era Chapeuzinho Vermelho? Fico presa nesse pensamento, porque quanto mais eu tento me lembrar, mais a resposta parece se afastar de mim. Assim como meu nome.

Ao meu lado, ouço Peter suspirar. — Nenhum de nós, garotos, conhece boas histórias, e Tami... Bem, ela não é do tipo que se senta ao seu lado e conta uma história. — Ele bufa. — Ela apenas mergulharia todos nós em pó mágico.

Parece tão estranho para um cara da idade dele ouvir histórias. Talvez tenha algo a ver com o passado dele. Sua vida de volta à sua verdadeira casa? Eu vou para um palpite aleatório. — Sua mãe lia histórias para você antes de dormir quando você era pequeno?

— Não me lembro da época antes de chegar à selva — Ele responde, com um tom triste e distante. Parece tão magoado e defensivo que minha respiração congela nos pulmões por um segundo chocada.

— Sinto muito — Sussurro depois de um tempo. — Não quis ser intrometida.

— Você não foi. É exatamente assim. Você não se lembra do seu nome; não me lembro de onde venho. Fim da história.

Não gosto da súbita mudança de humor dele. Principalmente porque me sinto triste por ele quando expõe fatos frios desse modo. Além do mais, sinto que ele não está sendo completamente honesto comigo agora. Talvez um sorriso e um leve puxão nas costelas possam provocar o feliz Pan novamente. — Você estava certo antes, Peter — Zombo dele, franzindo o nariz. — Você é um péssimo contador de histórias.

Eventualmente, uma risada escapa de seus lábios e

ele empurra de brincadeira o meu ombro. Eu o empurro para trás, e ele me empurra novamente. Desta vez, inclino-me para o lado, mas não consigo evitar, então, o empurrão continua até que nós dois rolemos juntos descendo a colina. Nosso riso conjunto ecoa à nossa volta.

Quando chegamos ao fundo, estou tonta. O mundo continua girando ao meu redor por um minuto. Então, percebo que estou montada na barriga de Peter, com as mãos apoiadas no seu peito. Ele agarra meus braços para me firmar. No braço direito, há uma cicatriz desbotada que eu não havia notado antes. Ela vai do cotovelo até em cima e desaparece sob a manga da camiseta. Pelo que parece, deve ter sido uma ferida dolorosa há muito tempo. Por causa de seu humor anterior, quando perguntei sobre seu passado, decido não questioná-lo sobre isso ainda.

Sorrindo, em vez disso, encontro seus olhos azuis focados nos meus. Eu posso dizer que ele realmente quer que eu fique na Terra do Nunca. Não por uma boa história contada. Mas porque ele vê algo em mim que parece gostar. Não é meu talento musical, com certeza.

Devo estar olhando para ele por mais tempo do que o normal, porque suas sobrancelhas se juntam em uma careta e ele inclina a cabeça. — Você está bem?

— Hum... Claro... — Meu sorriso é cortado por algo acontecendo ao longe. — Caramba! — Eu pulo de Peter e tropeço.

Peter está ao meu lado em um instante. Ele assume

uma postura de luta, olhando ao meu redor. — O que foi?

— Lá! — Aponto para o sul, ou o que acho que é o sul, para o meio da ilha. Minha mão treme. — Um vulcão! — E está em erupção.

Peter solta um longo suspiro. — Ah, você me assustou. Pensei que Gancho tinha encontrado a gente.

Virando-me para ele, sinto o sangue drenar da minha cabeça e minha voz assume um tom estranhamente calmo. — Tem um vulcão explodindo e você está relaxado?

— Você prefere que eu faça xixi nas calças como uma garota? — Ele ri de mim, mas depois, pega minha mão e me puxa para o chão. — Venha, sente-se. Você vai gostar disso.

Assistir um vulcão entrar em erupção e extinguir metade da ilha? Duvido. Peter não solta minha mão e, embora ele seja esbelto e pareça frágil, é forte, então, eu sento com ele e olho para a exibição furiosa de fogos de artifício da natureza.

Lava derretida rasteja lentamente sobre a borda da abertura na terra. Apenas a cor não parece certa. Parece que alguém derreteu ouro ali, pulverizou um pouco de pó mágico e, agora, a empurra para fora da rocha alta. E, então, com um estrondo bombástico, um arco-íris dispara para fora do vulcão. Em um arco alto, corre para o leste sobre a Terra do Nunca e mergulha no mar, onde é engolido pelas ondas.

— Oh meu Deus, que lindo... — Murmuro.

Peter se inclina para mim e fala no meu ouvido. —

Você acha que foi legal? Apenas espere e veja.

Rapidamente, passo meu olhar para o rosto dele tão perto do meu e, depois, de volta para o vulcão. Já o próximo arco-íris brilhante surge dele. E outro. E outro. Por pelo menos três minutos, a montanha à nossa frente cospe os mais maravilhosos arcos de cores cintilantes. Eles dão zoom em todas as direções, cada um deles aterrissando no mar, onde iluminam a água e finalmente desaparecem.

— Legal, não? — Peter diz. Eu concordo. Daí, ele puxa algo do bolso da camisa. Quando estende a mão para mim e abre o punho, há um pequeno rubi em forma de coração.

Os arcos-íris completamente esquecidos, afago as pontas dos dedos sobre a superfície lisa da gema. — Isso é lindo — Suspiro.

Peter me dá um sorriso caloroso. — Pega. É seu.

— Meu?

— É um presente.

— Você pegou isso do seu tesouro?

— Aham. — Ele assente lentamente. — Bem-vinda à Terra do Nunca, Angel.

Um pouco incerta, pego a pedra da mão de Peter. É mais pesada do que parece e certamente daria um belo colar. — Obrigada, Peter. — Dou um beijo casto em sua bochecha e contemplo o lindo rubi por outro momento sem fim, depois, o enfio no bolso para mantê-lo seguro.

Dentro do bolso, meus dedos roçam contra algo e eu fico rígida.

— O que houve? — Peter me pergunta.

— Nada — Murmuro. Já sei o que está no meu bolso antes de retirar o pedaço de papel do tamanho de dois por cinco centímetros.

— Cartão de viagem — Peter lê em voz alta enquanto se inclina sobre o meu ombro para inspecionar meu pequeno tesouro pessoal. Ele faz uma cara peculiar e acrescenta: — Para Londres.

Uma onda de medo e saudade de casa me atinge. Definitivamente não estou em nenhuma ilha normal em algum lugar do mundo. Onde cheguei é um lugar que não deveria existir. E se nunca mais conseguir fugir daqui? Nunca voltar para casa?

Bile preenche minha garganta. Levanto-me, ando alguns passos longe de Peter, segurando o cartão com as duas mãos.

— Esse é um mapa para você encontrar Londres? — A voz de Peter está logo atrás de mim. — Você pode usar isso para ir para casa?

Eu me viro e o encaro, limpando a garganta. — Não. Eu usei isso ontem. É uma passagem de trem. Fui à cidade comprar um presente de aniversário para minhas irmãs.

— Os Garotos Perdidos podem se tornar seus irmãos se você ficar. E Tami será como uma irmã para você. — Com os olhos estreitos, ele olha para mim, inclinando a cabeça. Um músculo pulsa na mandíbula. — Você não precisa voltar.

Eu hesito e estendo a mão para a mão dele, mas ele a afasta. Não gosto de vê-lo deprimido. — Por favor, entenda, Peter. A Terra do Nunca é sua casa, não minha. Como você se sentiria se aterrissasse no meio de uma cidade que não conhece e nunca mais pudesse ver os Garotos Perdidos?

Alguns segundos silenciosos passam. De repente, Peter se endireita e seu rosto assume uma expressão de mágoa. — Certo. Volte para sua Londres. Não ligo.

— Peter...

Ele voa alguns metros, depois, paira por um segundo e faz uma careta para mim. — Boa sorte! — Um instante depois, ele se afasta.

— Isso não é engraçado, Peter! — Eu grito atrás dele e espero alguns segundos, mas nada aparece no escuro. Fechando minhas mãos em punhos ao meu lado, meu corpo inteiro fica tenso. — Peter Pan! Volta! *Por favor...!*

Ele já está muito longe para me ouvir. Fico sozinha na Terra do Nunca. Fantástico.

Capítulo 4

Angelina

EU CRUZO OS BRAÇOS e cerro os dentes. *Garoto estúpido, ignorante!* Nunca vou encontrar o meu caminho de volta para a casa da árvore sozinha pela selva. Mesmo se conseguisse, provavelmente não seria mais bem-vinda. Como o plano A foi cancelado, olho em volta, avaliando minhas opções. O plano B é acampar aqui fora. Não era assim que eu pretendia passar a noite, vagando por uma ilha estranha sem ter ideia de onde estou, mas essa é minha melhor aposta.

Atrás de mim está a selva, na frente há fileiras de colinas. Provavelmente, é melhor encontrar um lugar embaixo de uma árvore onde possa ficar de olho à minha volta e ainda manter minhas costas protegidas de qualquer perigo que se arraste pelo bosque à noite.

— Não sou covarde — Murmuro enquanto me

aproximo de uma árvore de mogno. — A escuridão não me assusta. — Meus dentes começam a bater. Ok, talvez sim.

A grama agita sob meus pés. Uma coruja chirria ao longe. Deslizando com minhas costas raspando ao longo do tronco áspero da árvore, tento ficar alerta e presto atenção a qualquer coisa que esteja se movendo ao meu redor. Meus braços firmes ao redor dos meus joelhos, inspiro profundamente, enchendo meus pulmões com respirações corajosas. Aqui é a Terra do Nunca. A terra dos tesouros, duendes e arco-íris. *Nada a temer.*

Mas também é a terra de Gancho. Esse nome paira na minha mente. Capitão dos piratas. Feio como o inferno, com um gancho de prata no braço. Ele perdeu a mão e de alguma forma a substituiu por um gancho como arma? E se ele me encontrar nesta selva densa e me cortar com o gancho da minha barriga até o nariz?

Nossa, de onde veio esse pensamento? Afasto o pensamento e concentro-me em algo melhor: a sensação de pó mágico dourado entre meus dedos e a visão de centenas de arcos-íris sendo arremessados pela Terra do Nunca. Sim, com essa imagem em minha mente eu consigo acalmar meu coração acelerado. Fecho meus olhos. Mas com aquela maldita coruja ainda chirriando e outros sons noturnos junto com a escuridão, fico assustada.

Assustada como um coelho, fico sentada a noite toda e rezo para que as nuvens escuras que cobrem a lua não estejam carregadas de chuva. Peter disse que nunca há um dia de mau tempo na Terra do Nunca. Espero que ele esteja certo.

Minhas costas estão rígidas e meu traseiro dói de ficar sentada, então, à certa altura, apenas me inclino para deitar no chão, descanso a bochecha no braço e finalmente entro num sono sem sonhos.

O que parecem minutos depois, acordo de novo, mas a escuridão já abriu espaço para um céu azul brilhante. O sol quente brilha no meu rosto. Com um bom alongamento, o sangue corre para meus membros dormentes e meus braços e pernas não parecem mais galhos mortos presos ao meu corpo. Bocejando mais alto que um puma, levanto-me e espano a poeira das minhas roupas que serviram como cama improvisada.

Meu estômago ronca. Estou com muita fome, mas o que realmente está me matando é minha garganta seca. Eu poderia beber um lago... se encontrasse um de qualquer maneira. Não vi um ontem, quando Peter me carregou acima da Terra do Nunca. Mas a imagem do porto se imprime em minha mente. Talvez eu devesse tentar tomar o caminho para o sul. Certamente haverá comida e água, e quem sabe, talvez até um navio que saia desta ilha. Alguém certamente sabe qual é a direção para Londres.

Com meu estômago roncando, ando em direção às colinas gramadas que me separam do porto. Enquanto as subo uma a uma, gotas de suor se formam na minha testa. Minha língua gruda no céu da boca seca. Estou pronta para sugar o orvalho da grama, se necessário, apenas para obter uma gota d'água. Então, na quinta colina, o som de água ondulante chega até mim.

Uma onda de alegria acelera meu batimento cardíaco. Subo as últimas passadas e, eventualmente, posso ver o pequeno rio rolando pelo vale à minha frente. Minhas pernas desenvolvem vontade própria e me carregam rápido demais. Já embaixo, tropeço e perco o equilíbrio. Como uma avalanche, desço com força e aterro com um mergulho no rio.

Sem me preocupar em sair da água rasa, sento-me e respiro fundo algumas vezes para me acalmar. Água maravilhosa! Eu bebo até me saciar e me afundo mais uma vez para tirar a poeira e a sujeira da selva. Quando termino meu banho, me sinto revigorada e pronta para seguir em frente. Ando para o outro lado e saio.

Não está mais tão longe. Do alto da última colina, já consigo ver o mar e alguns telhados. Minutos depois, os sons do porto chegam até mim e me animam a andar mais rápido. Parece que uma pedra de cem quilos é levantada do meu peito quando o pequeno porto sonhado aparece.

Deixando as colinas para trás, ando por uma rua de pedras, acolhendo a dureza de uma rua sob meus pés. Cara, estava na hora de sair do deserto e entrar na civilização. Um suspiro profundamente aliviado escapa dos meus lábios.

Casas de várias cores alinham-se na rua. Algumas têm varandas venezianas e portas de folha dupla. Outras são mais simples, com vasos de flores colocados ao lado das portas e abaixo das janelas. As primeiras pessoas que vejo são duas damas, vestidas com vestidos largos borgonha e seda verde. Elas carregam guarda-sóis, mas apenas a mulher de vermelho usa a dela como abrigo contra o sol. Quero perguntar a elas sobre um navio de passageiros, mas quando me aproximo, vejo o medo em seus rostos. Apressadamente, elas levantam os vestidos, expondo os tornozelos da bota, e correm para um beco estreito à minha direita.

Coçando a cabeça, eu me viro. Fui eu? Estou fedendo? Não, não pode ser, decido depois de cheirar as mangas da minha blusa, que o sol já secara, como o resto das minhas roupas. Então me lembro que meu suéter com capuz deve ser o motivo. Ah, droga. Tami se assustou como o inferno quando viu o crânio na frente ontem. Essas mulheres devem pensar também que sou pirata.

Para evitar mais mal-entendidos, tiro o suéter por cima da cabeça e o prendo na cintura, com a imagem oculta. Amarrando as mangas na frente, ando e chego ao que parece ser a Rua Principal cheia de pessoas com pressa. À frente se estende o poderoso oceano. Acelero e passo para a multidão, onde claramente me destaco com meu jeans e camiseta justas. Embora nem todos estejam vestidos tão elegantemente quanto as mulheres de dois minutos atrás, essa moda é claramente de uma época diferente. Talvez do século passado ou anterior? Pode-se distinguir facilmente o status dessas pessoas por suas roupas e estilos de cabelo. As mulheres ricas usam seus cabelos em coques, com chapéus super enfeitados, e seus vestidos cobrem quase todos os centímetros de pele, do pescoço aos pés. As pessoas mais pobres estão envoltas em linho, algumas até andando descalças. Sinto como se tivesse entrado no set de filmagem de *Downton Abbey*.

Embora todos ainda me olhem desconfiados enquanto passam por mim, nenhum deles se afasta. Passo a mão no meu cabelo e coloco um sorriso simpático, depois, vou até uma jovem mulher carregando uma cesta de frutas. Seus pés nus estão sujos e ela pode ter piolhos, mas parece amigável quando entrega uma pera a um menino pequeno ao lado da rua.

— Com licença, senhora. — Paro bem na frente dela e inclino a cabeça um pouco.

— Sim — Diz ela, olhando-me da cabeça aos pés.

— Você sabe como eu posso sair desta ilha?

— Com um barco, eu diria. — Seu olhar desliza para o meu rosto e ela começa a sorrir também, embora o sorriso dela pareça cético. — Mas para onde você iria, moça? Não há nada além do mar azul profundo lá fora. — Segurando a cesta com um braço, ela gesticula com o outro para a direita, em direção às ondas que batem contra o porto.

Meu ânimo some com a resposta dela, e a incerteza surge na minha voz. — Eu preciso chegar a Londres.

— Londres? Desculpe, moça, nunca ouvi falar de um lugar com esse nome. — Ela apertou os lábios. — Por acaso você quer dizer o acampamento indiano no lado leste da ilha?

Fechando os olhos, solto um suspiro dolorido. Definitivamente, não quero dizer um acampamento indiano. — Não, mas obrigada de qualquer maneira.

A garota assente, mas antes que ela vá embora, eu agarro seu braço e pergunto: — Posso comprar uma maçã? — Já deve ser o começo da tarde, estou morrendo de fome.

Ela esfrega a palma da mão no seu vestido cinza simples e, depois, me oferece uma maçã vermelha escura. — Custa meio dobrão.

Não tenho ideia do que é um dobrão, mas sempre carrego algumas moedas nos bolsos. Pego duas moedas de uma libra, e setenta e cinco centavos.

— O que é isso? — A jovem exige, puxando a fruta para trás.

— Usamos isso para pagar por mercadorias em Londres.

— Suas moedas não têm valor aqui.

Torcendo as mãos, troco meu peso desconfortavelmente de uma perna para a outra. — Sinto muito, não tenho mais nada para lhe dar. — É claro que há um rubi gordo no meu bolso, mas esse seria um preço ridiculamente alto por uma maçã.

A garota aperta os lábios novamente. Seu olhar vagueia até o suéter amarrado em volta da minha cintura. — Você pode ter duas, se me der isso — Oferece ela.

Ugh. — Não acho que você ficaria feliz com isso — Lamento.

Ela encolhe os ombros e coloca a maçã de volta na cesta. — Minha irmã precisa de algo novo para vestir. É pegar ou largar. Você escolhe.

Meu estômago dói de fome. Eu realmente não

tenho muita escolha aqui. — Tudo bem. — Soltando o nó das mangas, suspiro e rezo para que ela não surte ao ver a imagem de pirata na frente. Mas todas as minhas orações são em vão. Assim que seguro o suéter, ela solta um grito, quase partindo meus tímpanos e corre na direção oposta, levando sua cesta de comida com ela.

Felizmente para mim, a maçã vermelha brilhante cai da cesta e rola pela rua. Neste momento, não presto atenção nela nem em ninguém, mas corro atrás da fruta. Se não conseguir pegá-la nos próximos segundos, ele cairá nas ondas. E, então, estou ferrada.

As pessoas reclamam e saem do meu caminho enquanto persigo a bola vermelha que rola. Inclinando-me, quase alcanço. Mas ainda assim, sou muito lenta. Alguém chega antes de mim.

Uma bota preta para minha maçã e a prende sob o bico, esmagando toda a minha esperança em um piscar de olhos. Gemendo, caio de joelhos diante da bota. Minha expressão decepcionada reflete na fivela de prata polida.

Uma mão se move ante a minha visão e reivindica minha refeição. Olho para o rosto de um jovem. Quando ele se endireita novamente, eu me endireito com ele. Com cerca de meio metro entre nós, ele me olha intrigado, certamente por causa das minhas roupas incomuns. De acordo com seu casaco roxo escuro de brocado e calça de couro preta e limpa, e não menos por causa do olhar humilhante que ele me dá, eu o classifico da classe alta.

Olhos azuis penetrantes me encaram por baixo de

seus longos cabelos loiros brilhantes que parecem embaraçados pelo vento. Sua mandíbula e lábio superior exibem uma barba por fazer na mesma tonalidade bronzeada pelo sol. Suas sobrancelhas se juntam em uma careta. Talvez porque ele esteja acostumado a pessoas da classe baixa se afastando dele. Bem, eu não.

— Esta maçã é *minha* — Afirmo com a voz mais firme que consigo quando o olhar dele faz com que os pelos da minha nuca se arrepiem. Estendo minha mão, palma para cima.

O jovem franze os lábios como se não acreditasse nos ouvidos. Então, um lado da boca se inclina lentamente enquanto desliza a maçã no bolso largo do casaco. Ele olha diretamente nos meus olhos por mais um segundo intenso, depois, começa a rir, vira-se na botas bem gastas e vai embora.

— Maldito desgraçado — Murmuro e me afasto – não atrás dele, mas até um muro baixo de pedra em torno do que parece uma cabana de pesca abandonada com tábuas pregadas nas janelas e portas. A exaustão me consome e meu estômago parece mastigar-se de fome.

Com um pé colocado na parede em ruínas, o outro pendurado, eu sento e me encosto contra uma pedra do batente atrás de mim. Meu cabelo fica preso na superfície áspera enquanto levanto a cabeça e estremeço. Um céu azul claro é a única coisa na minha visão por um tempo. Se isso não passasse de um sonho, eu faria qualquer coisa para me acordar. Talvez eu deva encontrar Melody novamente e pedir que ela me puxe para debaixo d'água até eu ficar sem ar. Não se pode morrer em um sonho, certo? Isso me acordaria com certeza. Só tem um problema: se isso não for um sonho, eu estaria ferrada.

Suspiro e desejo poder abraçar minhas irmãzinhas. E se eu nunca mais as ver? Ou mamãe, papai e Srtª Lynda? Irritar Peter não foi minha melhor opção. Ele poderia me ajudar a descobrir o que fazer. Talvez ele pare de ficar de mau humor em algum momento e venha me encontrar. Ele realmente não pode ficar bravo, porque eu não quero passar o resto da eternidade na Terra do Nunca.

Percebendo que há algo frio na minha mão, olho para baixo e encontro o coração de rubi na palma. Eu o acaricio algumas vezes, depois, viro-o repetidamente e finalmente o seguro contra o céu. Os raios de sol quentes quebram nas muitas facetas e lançam um monte de pontos vermelhos na minha camiseta. Eles dançam quando eu inclino a gema para frente e para trás.

Meu olhar começa a vagar pelas ondas que batem contra o porto de concreto, depois de volta à terra e sobre as pessoas bem-vestidas que se ocupam nesse mercado romântico de um tempo diferente. Alguns compram comida ou fardos de seda, outros bebem o dia inteiro na frente de bares. O riso gutural de alguns homens chama minha atenção. Eles estão sentados em banquinhos ao redor de um barril que serve como uma espécie de mesa de pôquer. Fico rígida. No meio deles, está o patife que rouba maçã.

Ele não está rindo com os outros. Na verdade, me pergunto se ele ouviu do que os outros estão rindo, porque, com os cotovelos apoiados no topo do barril e os dedos embaixo do queixo, ele parece profundamente pensativo. E, a menos que esteja interessado na cabana em ruínas atrás de mim, seu foco está em mim.

Eu seguro seu olhar por apenas um momento, meus dentes cerrados, então, eu deliberadamente desvio o olhar. Esse cara pode ir para o inferno. Ele, com certeza, tem mais dinheiro do que precisa e ainda não conseguiu me poupar uma maldita maçã.

Continuando a rolar o rubi entre meus dedos, tento elaborar um plano para minha partida desta ilha. Obviamente, os aviões não são uma opção, mas talvez um dos poucos navios que abrigam no final desta rua me leve de volta. Embora eles pareçam que não vão para o mar há muito tempo. As pessoas entram e saem dos conveses desses navios, mas parece mais que eles foram convertidos em lojas ou pubs em vez de transporte.

— Você tem um diamante no valor de mais da metade da cidade e está correndo atrás de uma maçã. Qual é o problema?

Inclino minha cabeça na suave voz masculina. Encostado no poste a alguns metros de distância, o ladrão em seu casaco roxo de brocado me olha com um meio sorriso intrigado. Seus braços estão cruzados sobre o peito largo e um dos pés repousa sobre o poste de ferro atrás dele.

Minha primeira reação é enfiar a pedra

rapidamente no bolso da calça jeans e escondê-la da vista dele. — Não vejo como isso é da sua conta — Respondo.

Ele enfia a mão no bolso e sem aviso joga a maçã para mim. — Quero que seja da minha conta.

Pego a fruta com as duas mãos e fico em pânico, imediatamente a mordendo antes que ele possa recuperá-la. Oh, querida mãe de Deus, isso tem um gosto delicioso. A saliva na minha boca se mistura com o suco de maçá e eu engulo, rapidamente dando outra mordida.

— Você é uma visitante.

— O que me denunciou? — Pergunto ainda com um pedaço na minha boca e dou a ele um olhar cínico.

Ele vem e se senta na minha frente. Não se incomoda em tirar o pó do muro antes, como eu esperava de alguém com o status dele. Talvez ele não seja um principezinho arrogante, afinal. Em vez de responder à minha pergunta, ele pergunta: — De onde você vem?

Deixando de lado aquela carranca humilhante de antes, ele parece muito menos intimidador. E como ele parece interessado na minha história, talvez me ajude. Lambendo o suco do meu lábio, eu o estudo por mais um momento, mas quando ele levanta as sobrancelhas, me levando a continuar, digo: — Venho de uma ilha diferente.

— Verdade? Como é chamada?

— Gr... ah... — Estalo meus dedos duas vezes e reviro os olhos para o céu, lutando para colocar o nome que está na ponta da minha língua. Agh. Por que não consigo me lembrar de repente? Eu sei que falei para Peter ontem à noite. Mas é como no caso do meu próprio nome. A informação parece completamente erradicada da minha memória.

Sentindo-me profundamente desajeitada, movo meu olhar de volta para o homem à minha frente e digo com uma voz firme: — O nome da ilha não importa. Moro em Londres, uma cidade enorme lá.

— Oh. Ok. — Ele encolhe os ombros. — Nunca ouvi.

— Sim, achei que não conheceria. Ninguém aqui parece conhecer. O que não torna mais fácil voltar para lá.

— Você quer voltar?

— Claro!

— Então, por que você veio à Terra do Nunca? — O rosto dele ainda é todo inocência e curiosidade. Ele balança uma perna em cima do muro para sentar-se nele e apoia as mãos no espaço entre nós. — Não é irracional ir a um lugar onde não há como sair novamente se você não pretende ficar?

— Ei, não era minha intenção vir aqui. Foi um acidente.

Ele flexiona os ombros. — Ah. Entendo. Faz toda a diferença. — Ele parece que não acredita em uma palavra do que estou falando. — E, agora, você está tentando contornar esse erro.

— *Acidente.*

— Certo.

— Sim. Tipo isso. Se eu soubesse se tudo isso é realmente *real* — Eu lamento e termino a maçã suculenta, em seguida, jogo o caroço da maçã em um arco alto na água. — Você sabe, como se estivesse apenas sonhando ou alucinando.

O homem mexe novamente em seu casaco, em seguida, abre os botões e franze a testa, puxando desconfortavelmente a gola. — Para mim, parece real o suficiente. Ou não me sentiria tão preso nessa droga de coisa.

De alguma forma, sinto que o casaco não é o que ele costuma usar. Será que ele só está usando hoje para impressionar? Certamente não os amigos da bebida no barril ali. Um deles acabou de tombar e agora está roncando na rua de pedras.

— Você pode me dizer como sair desta ilha? — Pergunto, não pretendendo perder mais tempo conversando. Eu realmente tenho que voltar para minhas irmãs.

Ele encolhe os ombros. — Navio.

— Eles vão partir em breve?

Olhando por cima do ombro, ele esfrega o pescoço e fala: — Acho que não. Mas sei de um navio fora da cidade. Deve sair em uma hora. Se você se apressar, poderá alcançá-lo.

Eu pulo de pé como um filhote de cachorro animado. — Qual o caminho?

O jovem ri. Um som suave que eu não esperava dele também. — Eu vou te mostrar, e você pode me contar tudo sobre essa Londres enquanto caminhamos.

Tanto faz. Eu até lhe daria uma carona nas costas se isso significasse que eu voltaria para casa. Ante meu sorriso, ele se levanta e depois se abaixa no outro lado do muro e pega meu suéter caído, que esqueci na minha euforia.

— *Ah*-não! — Eu grito. Mas é muito tarde. Ele já sacode e, claro, vê a imagem do *Piratas do Caribe* nele. Franzindo os lábios, ele congela e seus olhos ficam sombrios. — Acredite, isso não é nada. Apenas uma imagem sem sentido. Eu juro que não sou pirata!

Seu olhar vagueia sobre o tecido preto e encontra o meu. Alegria substitui o jeito sombrio em seu olhar. Um canto de sua boca se contrai. — Não achei que fosse.

Um suspiro aliviado sai de mim.

Saindo de sua postura rígida, ele sorri para mim, coloca uma mão na parte inferior das minhas costas e me guia para a direita. Quando me entrega o suéter, eu o amarro – com a imagem na minha bunda – em volta da minha cintura.

Deixamos a cidade para trás e a rua de pedras dá lugar a uma estrada de terra estreita. Ocasionalmente, as ondas batem contra a costa rochosa à minha esquerda e um leve borrifo de água pega meu braço. O frio é bem-vindo contra o calor da tarde.

Não há nada à nossa frente, além de prados de um lado e o mar do outro. Nenhum outro porto, nenhum navio, nem mesmo um barco. Espero que cheguemos a esse navio antes que ele parta e com ele, minha única chance de voltar para casa.

— Então, qual é o seu nome, moça? — Ele me pergunta depois de algum tempo com um estranho tom alegre em sua voz, apertando as mãos atrás das costas enquanto caminhamos.

— Angel... eu acho.

— Você acha?

Eu faço uma careta. — É complicado.

Pelo canto do olho, eu o vejo virar a cabeça na minha direção, então, olho para ele também e o encontro sorrindo. — Tenho certeza de que posso entender — Diz ele.

Enquanto andamos tão perto um do outro, sinto um cheiro de água do mar e couro nele e me pergunto se ele mora perto do oceano. Um aroma fraco de tangerina acaricia meus sentidos. Ele realmente cheira bem.

— Eu realmente não sei por onde começar — Digo e coço a cabeça. — Veja... Eu vivo no mundo real... — O jovem me interrompe arqueando uma sobrancelha. — Sabe como é — Explico —, onde existem grandes cidades... e tráfego... e aviões. E *McDonald's.* — Sua segunda sobrancelha segue o exemplo. Certo, estou indo na direção totalmente errada. — Digamos que é um mundo bem diferente do seu, obviamente muito, muito longe, se ninguém aqui conhece. Eu saí na minha varanda ontem à noite; estava muito frio. Escorreguei e caí. Só que nunca realmente caí no chão. Em vez disso, de repente, eu estava mergulhando no céu para a Terra do Nunca.

Ele ouve silenciosamente. Talvez já tenha ouvido

falar de casos semelhantes antes.

— De qualquer forma, quando cheguei aqui, lembrei-me de tudo da minha vida, apenas algumas informações menores parecem ter se perdido.

Agora ele ri. — Seu nome é uma informação secundária?

— Eu... Hum... — Fecho minhas mãos, então, decido mostrar a ele meu pulso com a tatuagem. — Acho que esse é o meu nome, embora não tenha ideia de como ou quando fiz essa tatuagem, ou se pode se referir ao assunto.

— Não é — Ele afirma em tom prosaico, me surpreendendo. Como ele pode distinguir a diferença por apenas uma rápida olhada nela? Como fico atordoada em silêncio por um segundo, ele acrescenta: — Entendo um pouco de tatuagens. Olha... — Ele agarra meu pulso e o inclina. Sua mão é surpreendentemente calejada. — A superfície brilha ao sol. Nenhuma tatuagem de verdade faz isso. A tinta deveria estar dentro da sua pele, não sobre ela. Alguém pintou isso em você.

Pintou em mim? Quem iria... Um sorriso repentino aparece no meu rosto. *Paulina.* Ela adora essas coisas e é a garota certa para colocá-las em meus braços. Talvez ela tenha feito isso ontem à noite e eu não me lembro? A propósito, o que estávamos fazendo a noite toda?

— Aonde você foi?

Assustada com a minha reflexão, pisco e foco nos curiosos olhos azuis do cara.

— Parece que eu te perdi por um momento. Tudo bem?

— Sim. Eu estava apenas tentando lembrar o que realmente aconteceu antes do meu acidente. Minha memória parece estranha... esponjosa.

Apertando os lábios, ele solta meu pulso e aperta as mãos atrás das costas novamente. — Há rumores que de vez em quando um estranho chega à Terra do Nunca. Mas eles geralmente não se lembram de onde vêm. Simplesmente aparecem e ficam para sempre.

Os cantos da minha boca apontam para baixo. — Eu ouvi sobre isso.

— Então, você *realmente* quer voltar.

Parece que só agora ele de fato acredita na minha intenção. Se ele não acreditou antes, por que me mostrar um navio que está navegando para longe da ilha? E onde está esse navio, afinal?

Uma súbita onda de pânico me inundou e congelou no local. Ele para também, uma expressão confusa em seus olhos. — Qual o problema? — Ele pergunta, parecendo genuinamente preocupado.

— Você sabe quem é o dono desse navio que você está me levando?

— O que você quer dizer?

— Não é o navio desse *Capitão Gancho*, é?

Ele faz uma pausa por um momento, me estudando com a cabeça inclinada. Um cenho franze as sobrancelhas e lentamente pergunta: — Quem é Capitão Gancho?

Ufa, estou segura. Se fosse o navio do Gancho, esse

homem certamente saberia. Meus ombros e costas relaxam e continuo andando com ele. — Nunca o conheci, mas, aparentemente, Gancho é um pirata. Ele é o homem mais feio, mais cruel e mais assustador da Terra do Nunca.

— Oh, meu Deus, se essa é a verdade, espero nunca cruzar o caminho dele.

Eu sorrio. — Eu também.

— Bem, você não precisa ter medo. Conheço todos nesse navio. Confie em mim, você estará absolutamente segura.

Eu tento me acalmar e esquecer Gancho. Ele provavelmente é apenas um fantasma, afinal. Eu não ficaria surpresa se Peter e seus amigos o inventassem apenas porque estavam entediados ou para assustar pessoas como eu. Agora, na verdade, posso rir da sugestão boba de Loney de que fui atingida por uma bala de canhão quando caí do céu. Muito engraçado.

Voltando minha atenção para o homem ao meu lado, pergunto: — Qual é o seu nome, afinal?

Um canto de sua boca se inclina para cima, maliciosamente. Provavelmente porque demorei tanto para chegar a essa pergunta básica. Só agora percebo que estava falando de mim o tempo todo. Ele espera outro segundo antes de responder: — Meu nome é Jamie.

Eu gosto de como seu meio sorriso se transforma em um sorriso completo. Quando ele não espreme esses *olhos afiados*, com seu jeito *sou-classe-alta*, ele realmente é um homem bonito. Difícil dizer quantos anos tem, porque o bronzeado o faz parecer ter vinte e poucos anos à primeira vista, mas quando se aproxima um pouco mais, ele ainda carrega aquelas linhas de alguém muito mais jovem. Vinte e um ou até vinte e dois, se você esticar.

Seu sorriso diminui e é substituído por um olhar curioso. Percebendo que olhei para o rosto dele por uma fração de tempo maior que a normal, sinto um calor embaraçoso chegando às minhas bochechas. Ele me salva desse momento embaraçoso quando me informa: — Estamos quase chegando — E balança a cabeça para longe, onde a ponta de um mastro balançando atrás de uma colina baixa mostra a localização de nosso destino.

Sinto um alívio me alcançar. Ele não estava mentindo, na verdade, há um navio. Mas à medida que nos aproximamos, outra preocupação toma conta de mim. — Espera. Eu não tenho dobrões. Você acha que eles me deixarão ir a bordo?

— Eu acho que vão. E se não, você ainda tem um rubi do tamanho de uma bola de gude no bolso. Se nada mais, esse deve levá-la a algum lugar. — Uma pontada de predador brilha em seus olhos, mas se foi antes que eu pudesse ter certeza. Eu provavelmente estava enganada. Se ele realmente quisesse roubar o rubi de mim, teve muito tempo a caminho daqui.

— Sim, deve cobrir o custo de qualquer viagem — Concordo. — Embora eu odiaria perdê-lo. Foi um presente de um amigo.

— Um amigo aqui na Terra do Nunca?

— Sim. O nome dele é Peter.

Jamie de repente luta para manter sua expressão sob controle. Surpresa nem sequer começa a descrever como ele está. Um músculo pulsa na sua mandíbula. — Peter... *Pan*?

— Sim. Você o conhece?

Um sorriso lento aparece em seus lábios. — Poderia dizer que somos chegados como... *irmãos*.

— Sem Peter, eu estaria esmagada na selva agora — Digo a Jamie. — Foi ele quem me salvou da queda ontem.

— Não estou surpreso. Os Perdidos costumam encontrá-lo primeiro. Há algo nele que atrai vocês que são crianças.

O fato de ele me chamar de criança irrita meu ego. Em parte, por causa do que aprendi sobre Peter e os garotos ontem à noite. Ficar criança para sempre... *Aff.* Tenho quase dezoito anos, estou mais para uma adulta agora. Cuidar de minhas irmãzinhas todo fim de semana deve ser prova suficiente. Mas não deixo minha raiva transparecer. Então, paro e fico preocupada quando chegamos ao topo da colina e o vejo.

Minha passagem para casa!

Meu coração dispara ao ver o navio balançando calmamente nas ondas próximas à costa. É mais alto do que eu esperava, feito inteiramente de madeira marrom cappuccino. Sua beleza me tira o fôlego. Posso imaginar como Cristóvão Colombo navegava ao redor do mundo num navio como esse. Apenas uma das três velas está içada – a do meio e, obviamente, a maior de todas. É branca e lisa, e incha com a brisa suave.

A parte da frente e de trás do navio é mais alta que o meio, abrigando cabines exclusivas ao que eu posso imaginar. Há pequenas janelas quadradas embutidas nelas, e algumas até têm cortinas fechadas. No topo do balcão deve ficar a ponte. O timão com as muitas alças chama minha atenção, mesmo a quarenta e cinco metros de distância.

Um punhado de pessoas começa a se movimentar quando um cara com uma luneta ao lado do parapeito nos vê e grita um aviso ininteligível para os outros. Pode ser que ele tenha dito a eles para esperar, porque mais passageiros estão chegando a bordo.

Animada, ando mais rápido, meus olhos quase saltando de admiração. Jamie, que acompanha minhas passadas, ri ao meu lado. Quando chegamos ao platô mais próximo do navio, hesito e levanto o pescoço para olhar, absorvendo tudo. Ele me cutuca gentilmente nas costelas com o cotovelo. — É um navio muito bom, não?

— Deslumbrante — Respiro.

— Então, o que você está esperando? Vamos. — Com uma das mãos colocada nas minhas costas, ele me leva até a prancha longa e estreita e me faz pisar nela primeiro. Olhando para baixo, cautelosamente vou em direção ao convés principal. Quanto mais ando, mais a tábua de madeira balança sob meu peso. Ouço os passos de Jamie logo atrás de mim, o que me acalma um pouco.

Com uma rápida olhada, garanto a mim mesma

que já estamos mais perto do navio do que da terra. Mas, ao mesmo tempo, vejo um marinheiro muito sujo no convés. Ele veste uma camisa rasgada e uma bandana preta. Um sabre de verdade está preso ao cinto e um tapa-olho preto cobre o olho esquerdo. Eu paro petrificada.

Jamie encosta atrás de mim na minha parada repentina. Suas mãos vão à minha cintura e me mantêm firme. — O que foi? — Ele pergunta no meu ouvido.

Viro a cabeça levemente, não deixando o homem fora da minha vista, e sussurro: — Você tem certeza de que este navio foi o que você falou?

— Claro.

— Você viu o que eles estão vestindo? Acho que esses homens são piratas.

— Não se preocupe — Responde ele com uma risada gelada. Eu me preocupo, no entanto. Arrepios sobem na minha pele. Quero sair desta prancha e voltar para a terra, mas Jamie me empurra para frente.

Mais alguns passos e eu estou no amplo deck, ganhando olhares gananciosos de mais homens vestidos com roupas surradas. Um deles lança um sorriso com dentes de ouro para mim.

— Jamie? — Estremeço, meus joelhos virando borracha. — Acho que estamos no navio errado.

— Relaxa, *Angel.* — Ele faz meu nome soar como um carinho zombeteiro. A ponta do dedo desliza na parte de trás do meu pescoço em uma carícia desconfortável. — Estamos exatamente onde devemos estar.

Respirando fundo, eu giro. Jamie tira o casaco de brocado, agora, com repulsa óbvia pela capa e a joga por cima do parapeito. — Ah. Muito melhor! — Ele flexiona os ombros e solta um suspiro profundo.

Ele está vestindo apenas uma camisa de linho esbranquiçada com mangas compridas e uma gola atada. Eita, como eu não vi antes que aquilo não combinava com o fino casaco roxo? — Você, você é um deles — Afirmo roucamente o óbvio. — Você é um pirata.

Seus olhos estão alegres. Ele me dá um meio sorriso provocador que congela a respiração nos meus pulmões. — E o mais feio, mais cruel e mais assustador deles também, alguém já me falou.

O homem com o dente de ouro se aproxima de Jamie e lhe entrega um grande chapéu preto com uma única pena preta, depois, coloca as mãos ao redor da boca e grita: — Levantem-se, cães sarnentos! O capitão está no convés!

— Gancho — Respiro.

Jamie passa a mão pelos cabelos e coloca o chapéu na cabeça, olhando para mim com um brilho perverso nos olhos. Seu sorriso se transforma em uma promessa perigosa. — Bem-vinda a bordo do Jolly Roger.

Capítulo 5

Angelina

TENTO passar por ele e sair do navio, mas Gancho me captura facilmente com um braço em volta da minha cintura e me puxa para trás. Caio contra seu peito duro como pedra, longe da prancha que dois de seus homens puxam.

— Prepare tudo, Smee! — Ele grita por cima da minha cabeça para outro jovem vestido completamente de preto, que aparece no castelo de popa. Seu cabelo ruivo parece desgrenhado e ele usa uma bandana vermelha no pescoço. Primeiro, acho que Gancho está falando de mim e me pergunto o que ele quer dizer. Momentos depois, o pirata na ponte grita ordens para levantar âncora e içar velas. O navio começa a deslizar para longe da costa.

Estou presa no Jolly Roger.

— Me deixa ir, seu maldito bastardo! — Me debatendo, grito como se houvesse uma cobra enrolada na minha cintura em vez do braço dele. Pensando bem, Gancho é tão ruim quanto uma cobra.

Sua risada zombeteira retumba no meu ouvido. — Ora, ora. Quem te ensinou palavras tão desagradáveis, pequena Srtª Londres?

Meu cotovelo encontra o seu diafragma e tira o sorriso maldito do seu rosto. Estou livre e tropeço. Com uma das mãos pressionada contra o peito, Gancho se inclina para a frente e tosse. Ele claramente me subestimou. Esta é a minha única chance, mas já estamos muito longe, e vários membros de sua equipe nojenta estão atrapalhando minha visão da praia, ajudando ele. Não há tempo para pensar. Freneticamente, giro, corro pelo navio e subo no parapeito. Reunindo toda força que tenho dentro de mim, pulo e caio cinco metros nas ondas.

A água fria me leva numa rotação selvagem, determinada a me esmagar contra a bojo do navio. Segundos passam, eu luto para recuperar o controle dos meus membros e orientação. Com os pulmões comprimidos no tamanho de bolas de tênis, saio das profundezas da água e finalmente subo à superfície, jorrando água da boca e do nariz, e respiro fundo, uma respiração salvadora.

— Olha o que temos lá embaixo, capitão! — Ouço o leve riso de Smee do convés e me viro para encontrar a maioria dos homens em pé atrás do parapeito, olhando para mim com sorrisos sujos. — Uma sereia.

O grupo se separa e Gancho aparece. Lentamente, ele apoia as mãos no parapeito, inclina-se para frente e arqueia a sobrancelha. — Isso era mesmo necessário?

Sim, tudo seria tão fácil para ele se eu apenas interpretasse a bela cativa. Mas acho que não. Para voltar à terra tenho que nadar em volta do navio, então, começo a dar braçadas e luto através da água, fraca de fome.

— E agora? Você está tentando nadar? De volta a Londres?

Não respondo o grito divertido de Gancho, mas nado mais rápido. As mangas amarradas em volta da minha cintura se afrouxam e meu suéter se solta. Apressadamente me afundo para agarrá-lo, mas não consigo. Se a situação não fosse tão grave, o fato de o mar engolir meu capuz *Piratas do Caribe* teria me feito rir. Eu nado.

— Vamos lá, Angel. Você nunca vai conseguir. Se não a pegarmos, os tubarões o farão.

Recusando-me a deixar suas palavras provocadoras me colocarem em pânico, cerro os dentes e o ignoro.

— Aaaaangeeeel...! — Ele mantém o ritmo comigo, caminhando lentamente ao longo do parapeito, divertindo-se também. Ele parece estar conversando com uma criança quando me diz: — Temos dezessete homens e um navio contra você. Por que não pode simplesmente ser gentil e se render? Seja minha hóspede!

Hóspede, ah! Ele deve estar maluco. Mas logo parece alcançar os limites de sua paciência e rosna: —

Smee! Pesque-a!

Não importa o quão rápido eu nade, não consigo escapar da rede de pesca que está sendo lançada sobre mim. Quando eles puxam as cordas da rede, sou jogada de um lado para o outro e eles me trazem de volta a bordo, como a pesca do dia. Minha luta é em vão. Eu aterro como um peixe-gato caindo no convés.

Dois homens com cabelos na altura dos ombros amarrados em uma trança me agarram pelos braços e me colocam em pé. — O que fazemos com ela, capitão? — O da minha esquerda pergunta a Gancho. Ele usa um brinco do tamanho de uma pulseira e os dois antebraços exibem tatuagens de sereia. Com a pele enrugada e as mechas grisalhas no cabelo preto, parece ser o homem mais velho a bordo, embora eu duvide que ele tenha mais do que quarenta. Ele cheira a peixe podre.

— Amarre-a no mastro, Fin. — A ordem de Gancho é fria, sem emoção. Braços cruzados sobre o peito, ele espera até que eu fique pressionada, as costas contra o mastro mais alto do navio, meus braços puxados para a parte de trás do poste e amarrados com uma corda áspera que roça minha pele. O tempo todo, nunca quebramos o contato visual. Quando o pirata chamado Fin termina e minhas mãos estão seguras, Gancho acena para ele ir.

Uma aura fria envolve o capitão quando ele move as mãos para o cinto e caminha lentamente até mim. A letra J está gravada na fivela de prata. Só numa segunda olhada eu percebo que não é uma letra, mas um gancho. E de repente me pergunto por que ele ainda tem as duas mãos. Os Garotos Perdidos disseram que ele tinha um gancho no braço direito. Aparentemente não tem.

— Por que você está me mantendo prisioneira no seu navio? — Grito quando ele está a poucos passos de distância.

— Porque você é de grande valor. E porque você tem algo que me pertence.

— Tenho? E o que seria?

O capitão dá outro passo à frente, diminuindo a distância entre nós até compartilharmos o mesmo fôlego. — Meu coração — Diz ele de uma maneira estranhamente suave e acaricia minha bochecha com as pontas dos dedos.

Que diabos... Muito espantada, não falo uma única palavra.

Seus olhos ficam ardentes quando sua boca se contrai em um sorriso ganancioso. Ele abaixa as mãos nos meus quadris e os acaricia suavemente até minhas coxas. — Ah, aqui está. — Seu sorriso se amplia e desta vez seus olhos combinam com um brilho sombrio. Violando minha zona íntima sem aviso, ele enfia a mão no bolso direito do meu jeans molhado. Eu suspiro. Mas ele a retira um momento depois – e com ela, o rubi de Peter Pan.

— Devolva isso! — Esforço-me para libertar meus pulsos. — Foi um presente! Seu maldito ladrão!

Gancho inclina a pedra preciosa ao sol, estudando-a com a testa franzida que ele dirige para mim a seguir e diz: — Como... querida Angel... posso ser ladrão quando você carrega algo que é meu por direito?

Hesito com a minha resposta e diminuo o nível da minha voz. — Eu não roubei. Peter me deu.

— Sim. Peter Pan — Ele diz entredentes. — O único inseto que me incomoda há décadas.

Ele disse décadas? Oh meu Deus, há quanto tempo Peter realmente é adolescente? E a ilha inteira nunca envelheceu um dia? Mas, então, percebo que estou com mais problemas do que ficar presa numa área atemporal. Estou presa em um navio que é comandado por um capitão cruel e seus piratas feios como o inferno. Preciso de um plano.

— Tudo bem. Você tem de volta o que queria. Agora, tire essas cordas e me solte.

Uma risada arrepiante soa em sua garganta. — Oh, Angel, Angel. Você realmente não entende? Este pequeno rubi é apenas uma pedrinha do meu tesouro original. Montes e montes de ouro, prata e diamantes. — Ele segura a gema entre dois dedos na frente dos meus olhos, inclinando a cabeça e me estudando de perto. Então, ele se endireita e rapidamente envolve a pedra na mão. Ele a coloca no bolso. Sua voz perde todo o calor. — Mas tenho certeza de que você já sabe disso. Você já viu, não?

Não ousando nem piscar, balanço minha cabeça.

— Onde. Está. Meu tesouro, Angel?

— Não sei do que você está falando — Grito com meu pânico renovado. Peter Pan confiou em mim quando me mostrou a caverna. Não posso traí-lo. Nem mesmo depois de ele ter me abandonado ontem à noite.

— Peter me deu isso ontem. Sentamos em uma colina, observamos o vulcão do arco-íris e ele puxou o rubi do bolso da camisa. Certamente não havia montes e montes de ouro escondidos *lá*!

Ele franze a testa, como se estivesse pensando se eu estava realmente dizendo a verdade. Xingando, ele finalmente me deixa em paz e caminha até Smee que, até agora, nos observava silenciosamente do parapeito.

— O que você acha, Jack? Ela está mentindo? — Gancho pergunta em voz baixa.

— Não sei. — Smee lança um breve olhar em minha direção e coça a sobrancelha esquerda que é separada por uma cicatriz velha e esbranquecida. Não consigo parar de me perguntar quantas batalhas ele já travou no corpo de uma pessoa de vinte anos ao longo dos anos. — Um salto imprudente de um navio? — Ele continua. — Ela parece difícil. Um golpe poderoso que ela te deu. Não diria que ela mentiria para salvar os pirralhos.

— O que você sugere? Tortura?

Eu respiro fundo imaginando em ser machucada por esses homens, mas ambos me ignoram. Jack Smee levanta uma sobrancelha para o capitão. — Ela é uma criança.

Fazendo uma careta, Gancho esfrega a parte inferior do peito. — Pelo soco que obviamente te impressionou, ela não é.

— Além do mais. É uma garota.

Com os lábios contraídos, Gancho me dá um olhar

pensativo. — Ela não tem utilidade para nós se não revelar onde está o tesouro. — Com determinação, ele se volta para Smee: — Podemos deixá-la andar na prancha.

— O quê? — Navegamos para longe da ilha a uma boa velocidade na última meia hora. Não há nada além de água ao nosso redor. — Nem sei onde fica a ilha! Você acha que posso nadar de volta à praia!

Gancho fecha os olhos por mais um segundo e o canto da boca se contrai de uma maneira peculiar. — Ah, não acho. — Ele se aproxima, os saltos das botas estalando assustadoramente no deck de madeira. — Deixamos você descer aqui e os tubarões farão o resto.

Por cima do ombro, vislumbro várias barbatanas triangulares escuras cortando a água. Eles não estavam lá há alguns minutos. Devemos estar muito longe. Começo a tremer. Seria este o momento certo para dizer a ele que sei onde está o tesouro de Pan? Peter me odiaria, e quero dizer, me odiaria *mesmo*, não apenas ficaria ofendido porque não pretendo ficar na Terra do Nunca. E se disser ao Gancho, que garantia há de que ele não me mande para a prancha? Uma vez que tem o tesouro, definitivamente *não tenho utilidade* para ele.

Merda, o que devo fazer?

Jack Smee afrouxa a corda em volta dos meus pulsos e me empurra alguns passos para longe do mastro, depois, ele amarra minhas mãos nas costas novamente. Enquanto ele me conduz pelas duas fileiras de homens, a tripulação aplaude na expectativa de eu ser uma refeição de tubarão.

Três homens montaram uma prancha no parapeito que leva ao mar. Smee me puxa para bem em frente a ela e me vira para encarar Gancho, que está de pé com as mãos cruzadas nas costas e dá um sorriso satisfeito.

— Últimas palavras? — Ele me pergunta.

— Vá para o inferno, seu maldito... imundo... esquecido por Deus...

Com um único passo, ele fecha a distância entre nós. Nossos narizes quase se tocam quando ele abaixa a cabeça e passa uma mecha do meu cabelo atrás da orelha. — Anjo, a palavra que você procura é pirata. — E aí está novamente, o brilho perigoso em seus olhos. Sem piedade, ele agarra meu braço e me empurra para a prancha.

Um dos homens pega uma vassoura e me empurra para frente até eu ficar na beira. Meus joelhos balançam, meu coração dispara como uma metralhadora. Apenas algumas horas atrás, eu considerei encontrar Melody e fazê-la me afogar no mar para acordar. Agora, com os tubarões a apenas alguns metros abaixo de mim, esse plano não parece tão brilhante, afinal. Mas, no fim, pode ser a solução para todos os meus problemas. Estou presa numa estranha terra dos sonhos, e morrer me tiraria. Me acordaria. Me levaria de volta. Fecho meus olhos...

— Espere!

O grito repentino de Gancho me assusta. Olho por cima do ombro.

— Traga-a de volta, Smee. Tenho uma ideia. — Isso é tudo o que ele diz antes de caminhar em direção à popa do navio e desaparecer numa cabine abaixo da ponte.

Solto um longo suspiro de alívio quando Smee me leva de volta a bordo. Ele me deixa aos cuidados do homem que cheira a peixe podre e depois segue seu capitão.

Capítulo 6

James

AH, PETER PAN, dessa vez vou te esmagar debaixo da minha bota.

Bato a porta irritado, ando até a ampla mesa de madeira em frente à fileira de janelas altas com vista para o mar. Neste escritório, costumo planejar estratégias de batalha com Smee, mas, agora, tiro o coração de rubi do bolso, coloco-o na mesa junto com o chapéu e ando pelo escritório.

Você se atreve a doar parte do meu tesouro? Vou te ensinar uma lição que não vai esquecer, seu pequeno pedaço de merda.

Removendo as abotoaduras da minha camisa, retiro-a sobre a cabeça e a jogo na cadeira giratória entre a mesa e as janelas. Em frente ao espelho alto no canto, paro e passo os dedos sobre o peito. Tem um hematoma se formando no lado direito. Porra, essa garota tem força. E uma vontade inquebrantável também. O paradeiro do meu tesouro ainda é desconhecido. Nem mesmo ante a morte ela sucumbiu, mas me deu a ideia desse excelente plano. Nenhum dos ratos assustados do lado de fora teria mostrado tanta coragem. Bem, provavelmente Smee, mas ele é o único.

Fecho meu punho em torno da chave dourada pendurada em uma corrente em volta do meu pescoço e faço uma promessa. Encontrarei meu tesouro, junto com o baú. E, então, eu vou parar com todo o processo de ficar como uma droga de criança.

Ouço uma batida na porta.

— Entre, Jack! — Falo, sabendo que é meu imediato, porque ele é o único que eu permito aqui.

Smee entra e fecha a porta, mas não rápido o suficiente. Por cima do ombro, vislumbro Angel entre minha tripulação. Os homens estão brincando com ela, mas nenhum deles coloca a mão na garota. E eles não farão isso. Não se souberem o que é bom para eles.

— James? — Jack me tira a atenção quando estava olhando a porta agora fechada. — Você parece preocupado. Está tudo bem?

— Não gosto de ter uma moça no meu navio — Admito com a mandíbula cerrada. Este é o domínio dos piratas, pelo amor de Deus. Você não joga um gatinho numa gaiola de lobos vorazes.

— Então, por que a trouxe a bordo?

— Ela estava com meu rubi. Não havia outra escolha. E quando disse que recebeu de Pan, apostaria minha perna direita de que ele viria para salvá-la dos tubarões.

Smee se inclina contra a porta e cruza os braços sobre o peito. — Sim, eu também pensei. O que você acha, por que ele não veio?

Dou de ombros e visto a camisa preta que deixei na otomana hoje de manhã, em troca da mais refinada para ir à cidade. — Ela estava sozinha quando a encontrei. Talvez Peter pensasse que ela já havia voltado para casa. O rubi poderia ter sido um presente de despedida.

— Eu sabia que você não a jogaria para os tubarões, mas qual foi a ideia da qual você falou? Você tem outro plano?

— Talvez ela não possa nos levar ao tesouro. — Coloquei um sorriso convencido no rosto. — Mas ela com certeza sabe onde Peter Pan e seus amigos estão se escondendo.

— Você quer que ela nos guie pela selva? Excelente ideia. Se ela ficou com eles por algum tempo, certamente sabe onde estão todas as armadilhas e pode nos levar.

Eu assinto. — Dê-lhes ordens para voltar à ilha e prepare quatro homens para desembarcar conosco ao anoitecer. O resto ficará a bordo para defender o navio.

Smee sai imediatamente. Tranco o rubi em uma gaveta da minha mesa e coloco meu chapéu, puxando a aba para baixo na minha testa.

Sua hora chegou, Peter Pan.

Capítulo 7

Angelina

ESTAMOS andando por um caminho que leva para longe da praia por pelo menos uma hora e meia, com a noite ao nosso redor, e ainda assim ninguém quer me dizer para onde estamos indo. Smee e Gancho me cercam, quatro piratas nos seguindo. Eles gritaram e fizeram piadas sujas durante a maior parte da jornada, mas desde que chegamos à selva há alguns minutos, as conversas cessaram gradualmente. Agora, eles estão tão silenciosos que olho por cima do ombro para ter certeza de que eles ainda estão lá. E somente sob a luz fraca da lua posso distinguir suas formas.

Gancho não disse uma palavra o tempo todo. Ele parecia profundamente pensativo. Smee, aparentemente assustado demais para atrapalhar o capitão, ficou em silêncio também. Ou talvez eles simplesmente não quisessem discutir na minha frente o que planejam? No entanto, enquanto Gancho ditava um ritmo acelerado no começo – eu mal conseguia acompanhar seus passos sem correr ao lado dele – percebo que todos ficaram bem cautelosos desde que entramos na selva mais densa, como se estivessem esperando problemas.

— Acenda uma tocha — Ele ordena a Smee.

Seu companheiro puxa um longo pedaço de madeira da bolsa que ele trouxe e acende uma chama com um fósforo que ele risca na sola da bota. A tocha acesa lança um círculo de luz reconfortante ao nosso redor. — Qual caminho? — Smee pergunta então.

— Não sei. — Gancho encolhe os ombros. — Por que não perguntamos à nossa pequena Angel? — Seu olhar desliza para mim. — Poderia, por gentileza, mostrar o caminho, Srtª Londres?

Minha boca se abre e eu certamente fico com os olhos mais arregalados do que um coala. — Você quer que eu os leve pela selva?

— E mostre-nos o esconderijo de Pan, sim. Você é a única que sabe onde estão todas as armadilhas.

Fecho os olhos e teria beliscado entre eles, mas não posso porque meus pulsos ainda estão amarrados nas minhas costas. — Que armadilhas? — Pergunto entredentes.

— As que Peter Pan e os Garotos Perdidos montaram para nós, é claro — Explica Jack Smee com um sorriso.

A noite de ontem ainda me assombra. Se realmente existem armadilhas na selva, tive sorte de não me aventurar dentro dela sozinha. — Não conheço nenhuma armadilha! E também não sei como chegar à casa dele! Nós nunca caminhamos pela selva. — Sinto uma dor cortante sobre meus braços enquanto luto contra a corda em volta do meu pulso. Sem resultado; elas estão muito apertadas. — Se você o conhece tão bem, provavelmente não é um segredo que ele é capaz de voar. E ele voa muito! — Minha cabeça começa a doer. Sinto-me grogue e cansada. Afastando-me, me encosto contra uma árvore. — Encontre o caminho você mesmo.

— Você nos deu um show convincente na prancha — Diz Gancho. — Desta vez, não vamos deixar você escapar tão facilmente. Se você não sabe onde estão as armadilhas, é melhor começar a orar, porque *nos guiará* pela floresta e até o esconderijo de Pan.

Não quero nada além de me deitar e descansar. Quando esse pesadelo vai acabar? Minhas pernas parecem moles e mal consigo ver direito. O que eu não daria para Peter me encontrar e me levantar em seus braços novamente, me levando de volta à árvore deles. As cabines de dormir aconchegantes são tudo o que consigo pensar agora.

Uma ideia surge em minha mente. Tudo está quieto aqui fora. Meu grito deve percorrer quilômetros. Eu respiro fundo e grito: — Peeeeteeer! — Com toda a força que tenho nos pulmões. — Peter Pa...

Gancho agarra meu braço, me girando. Minhas costas estão contra o peito dele e sua mão grande pressiona minha boca. — Se você quiser sobreviver à noite, é melhor parar com essa merda — Ele rosna no meu ouvido.

Somente quando minha pirraça e choramingo cessam, ele me solta, me virando para que possa me encarar. — Bom. Agora vá e mostre o caminho em torno das armadilhas. E Angel... juro que se você tentar nos enganar, vai se arrepender.

— Como posso enganar você? Não sei o caminho nem onde estão as armadilhas! — Lágrimas brotam dos meus olhos, mas pisco. — Vou ser a primeira a cair numa. E você nem tirou as cordas.

— Melhor *você* cair numa do que *nós* — Diz ele friamente. Mas, então, ele me gira e me surpreende enquanto corta os laços com uma faca que puxou de dentro da bota. — Agora, vá em frente e mostre o caminho.

Esfrego as marcas dos meus pulsos, olhando atordoada em seus olhos que não me fitam. Ele deve saber que estou dizendo a verdade... e ainda quer que eu vá na frente. — Você é um homem cruel, Jamie — Sussurro com a garganta apertada.

Se eu achava que a expressão dele estava fria antes, não estava preparada para como ele me olha agora. Tão cheio de ódio que me dá arrepio de medo até minha espinha. Ele dá os dois passos na minha direção, bloqueando minha visão de Smee e dos outros. Seu olhar rígido congela a respiração nos meus pulmões. — Se você me chamar assim novamente na frente da minha tripulação, isso — Ele segura a corda e a corta com a faca —, será sua garganta.

Eu engulo.

Inclinando a cabeça, ele exige com uma voz perigosamente suave: — Fui claro?

— Sim, Capitão — Resmungo.

— Bom. Agora vai.

Com meu corpo inteiro estremecendo a sete na escala Richter, me afasto dele e dou um passo cauteloso após o outro mais fundo na selva. Pela primeira vez na minha vida, estou realmente assustada. Com medo do que está à frente e ainda mais do homem atrás de mim. Não quero mais estar na Terra do Nunca. Quero voltar para casa. Quero abraçar Brittany e fazer cócegas em Paulina até ouvir sua adorável risada novamente.

O som de suas vozes ecoa em minha mente de muito longe. Eu as ouço chamar meu nome. Me chame de volta. Eu quero ir. Quero muito fechar meus olhos e apenas ir para casa.

Não sei se é pura sorte ou se realmente não existem armadilhas, mas consigo caminhar por mais uma hora sem ser pega em nada. Atravessamos uma pequena clareira e olho para o céu, desejando que uma estrela acabe logo com esse pesadelo.

E, então, algo se agita à minha direita.

Quando a luz da tocha atrás de mim se apaga, giro e olho para a escuridão. Todos os piratas se foram e estou sozinha. Sei que eles devem estar em algum lugar próximo, escondidos no mato. *Por quê?*

— Angel?

Me viro para uma voz que não ousei acreditar que ouviria novamente, especialmente hoje à noite. —

Peter!

A uma distância segura, ele olha em volta antes de sair dos arbustos e vir até mim. — Você mudou de ideia? — Há um sorriso alegre em sua voz. — Ah, eu esperava que você viesse...

— Boa noite, Peter — Alguém o interrompe atrás de mim. Não preciso procurar saber quem é. Se eu sobreviver a essa aventura assustadora, sei que a voz dele me assombrará pelo resto da vida.

Peter congela e olha por cima do meu ombro. — Gancho. — Quando seu olhar volta para o meu, há dor sob uma espessa camada de raiva. — Você o trouxe aqui? — Ele sussurra, magoado, mas um momento depois grita comigo com puro veneno em sua voz. — Você aliou-se ao meu inimigo e o trouxe *aqui*?

— Sinto muito. Eu não quis... — Como posso explicar? E de repente percebo o meu erro. Peter está tão perplexo ao me ver com Gancho que não presta atenção ao que realmente está acontecendo. — Peter! Cuidado! — Grito, mas já é tarde demais. Smee e mais dois emboscam Peter, forçam-no ao chão e o seguram de bruços.

Ele luta, mas nem mesmo sua capacidade de voar pode ajudá-lo contra três homens. Gancho passa por mim e se agacha diante de um Peter amaldiçoado. — Veja, irmãozinho, eu disse que um dia pegaria você.

Eu respiro assustada. Gancho não estava brincando hoje à tarde? Eles realmente são irmãos?

— E agora, sugiro que você me mostre o caminho para o meu tesouro ou seus amigos vão encontrá-lo sem a cabeça pela manhã.

— Saiam de mim, ratos miseráveis! — Peter grita com os piratas, ignorando Gancho, e começa a se contorcer debaixo deles novamente.

Corro em seu auxílio, mas mãos ásperas me seguram pelos ombros. Presa, observo impotente quando Gancho pega o rosto de Peter com dedos em garras e o obriga a olhar para cima. — Renda-se e serei complacente com você, irmãozinho. Apenas me diga onde estão o ouro e o baú — Ele diz com uma raiva mal-contida.

A risada de Peter é um som doloroso. — Quando você foi complacente comigo? Você não foi antes e não será agora. — Smee empurra o joelho com mais força na espinha de Peter. Peter tosse. — Você quer o baú? Vá até a beira do vulcão e pule dentro. Talvez você o encontre lá, imbecil. — Peter me atordoa quando orgulhosamente levanta a cabeça e imita o grito de uma águia.

Momentos depois, um grupo faz uma emboscada em Gancho e o derruba. Mais gritos de pássaros seguem, mas não de Peter. Os Garotos Perdidos entram na clareira por cipós um atrás do outro, aterrissando de pé, prontos para a batalha. Três deles atacam os captores de Peter, os demais vão para Gancho. Fico feliz em ver que eles trouxeram espadas e estilingues reais em vez dos brinquedos que vi na casa deles ontem. Desta forma, podem ter uma chance contra os piratas.

Assim que Peter se levanta novamente, a batalha piora. Ele rosna que Gancho é seu para lutar e eles começam uma batalha sem regras. Ambos os lados levam golpes, socos e chutes. Meu coração para quando Gancho gira com a espada estendida, mas Peter voa para fora do caminho pouco antes de ser decapitado.

Demoro alguns minutos para perceber que estou sozinha. Desguarnecida. Stan está lutando com o pirata que me segurava antes. Esta é a minha chance de fugir. Sair da floresta e encontrar ajuda... em algum lugar.

Respirando fundo algumas vezes, peço desculpas silenciosamente a Peter por ter trazido essa destruição sobre ele, depois, me viro e corro pela minha vida. Os gritos da batalha desaparecem atrás de mim quando subo e me escondo sob galhos quebrados. Está escuro como o inferno e sinto o meu caminho, em vez de ver para onde estou indo, mas sei que tenho que ficar o mais longe possível de Gancho e de seus homens.

De repente, o chão desaparece sob os meus pés.

Um grito assustado escapa da minha garganta. Histericamente, agito meus braços, lutando para me agarrar a qualquer coisa que possa. Deslizando por uma ladeira, seguro raízes que se destacam da terra e me agarro a elas pela minha vida. Quando levanto a cabeça, não vejo muito, apenas que estou pelo menos a um metro e oitenta da segurança. O que está embaixo de mim, não quero saber.

— Socorro! — Grito. Por que faço isso, não tenho ideia. Peter me odeia e os piratas não se importam se estou viva ou morta. Mas é tudo o que posso fazer, então, grito novamente. —Me ajudem, por favor!

Um lado da raiz se solta e, com outro grito de

pânico, caio mais alguns metros. Uma dor lancinante se espalha nos meus dedos com o meu aperto. Acho que não aguento mais.

Capítulo 8

James

— O QUE FOI AQUILO? — Ouço Smee gritar ao
meu lado. Não sei o que ele quer dizer e estou muito
ocupado parando os golpes de Peter para me importar.
Um segundo depois, eu também ouço. O grito
desesperado de uma garota.

Tentando não ser espetado enquanto lanço um
olhar rápido ao redor, não vejo nossa prisioneira em
lugar nenhum. — Onde está Angel? — Grito para
meus homens, que estão lutando com os Garotos
Perdidos. Walter "Baleia" deveria ter tomado conta
dela, mas ele está lutando contra três amigos de Peter ao
lado de Smee.

— Espere! — Grito para Peter, que está mirando
minha garganta com sua espada, que é realmente apenas
uma faca grande.

— Por quê? Precisa de uma pausa, Gancho? Fez xixi nas calças?

Eu desvio do seu próximo golpe, bato com força com minha espada e faço um corte no seu braço. — Não, mas parece que sua amiga está com problemas — Rosno.

Peter hesita um segundo. Ele parece confuso e inseguro sobre o que fazer. Além dos gritos dos homens e meninos ao nosso redor, a selva está silenciosa. Aparentemente, ele decide ignorar o meu aviso. Ele vem direto para mim, voando rápido, e me joga no chão. Neste momento, ouço novamente o pedido de ajuda de Angel.

O que quer que tenha acontecido com ela, ela parece aterrorizada. Somos maiores em número e, por mais que eu deteste admitir, podemos não sair dessa luta como vencedores. Se eu perder Angel também, voltarei de mãos vazias hoje à noite. Não posso permitir isso.

Como Peter ainda está focado em mim e não está ouvindo o que está acontecendo à distância, dou um soco forte em sua mandíbula que o tira de cima de mim. Graças à sua capacidade irritante de voar, ele pousa três metros para o lado.

Levantando-me com a espada ainda no punho fechado, corro na direção em que o último grito de Angel veio.

— O quê? Agora você está fugindo? — Peter grita atrás de mim. Sei que ele está me seguindo pelo mato. Só espero que respeite algum código e não me ataque por trás. Eu faria isso. Talvez.

— Angel! — Grito em vez de responder a Peter Pan. Quando não há resposta, tento novamente, desta vez mais alto.

— Estou aqui! Por favor, me ajude!

Ela parece aterrorizada, mas, pelo menos, ainda está viva. Corro pela floresta por mais alguns passos e tropeço quando paro na beira de um enorme buraco no chão. Tem pelo menos três metros de diâmetro e é tão escuro dentro que não dá para distinguir nada.

Smee e os outros se aproximam de mim. Eles devem ter parado de brigar quando Peter e eu paramos. — Fogo — Digo a Jack, que corre de volta e traz a tocha, acendendo-a novamente. Enquanto ele a segura no buraco, posso ver Angel pendurada em um galho fino que se destaca da terra. Seus pés balançam no ar. Não há nada que ela possa usar para subir ou mesmo ficar em pé. E cinco metros abaixo dela, galhos afiados projetam-se do chão. Se ela perder o controle, ficará fisgada nessa armadilha cruel.

Furioso, rosno para Peter: — Porra, você tinha que tornar isso impossível de escapar, tinha?

— É a única maneira de manter os vermes como você longe — Ele rosna de volta.

— Parabéns. Agora, voe e tire-a daqui.

Peter dá um pequeno passo para trás e cruza os braços sobre o peito, me olhando diretamente nos olhos. — Por que deveria?

O que diabos há de errado com esse garoto? Pensei que eu fosse o implacável aqui. — Porque ela é sua amiga! — Quando esse argumento obviamente não funciona, pego o primeiro garoto por perto com um colete de pele de urso e pressiono minha lâmina na garganta dele. — E porque vou matar este, se você não for.

Apertando a mandíbula, Peter lança um olhar estreito para os outros amigos. Todos eles se retiram para a selva. Meus homens vão imediatamente atrás deles, mas eu sinalizo para que deixem as crianças irem. Não ligo para o resto. Eu ainda tenho o ursinho aqui como argumento convincente.

— Deixe-o ir e eu a salvarei — Peter negocia comigo em um tom muito sério.

Claro, ele está profundamente magoado porque acha que Angel o traiu, mas não vejo por que ainda não voou e a salvou. Não é esse o irmãozinho que conheço. Por um breve momento, acho que entendi o que há de errado, mas esse pensamento se foi rápido demais para concluir. Há outras coisas para se concentrar agora. Lentamente, abaixo minha espada e solto o garoto.

Peter acena em direção à selva escura e o garoto se afasta de mim. Peter o segue.

— Espere! — Eu grito. — E a garota?

Olhando por cima do ombro, Peter diz com a mesma voz fria de antes: — Ela é sua amiga, não minha. — Então, ele foge. O garoto disfarçado de urso para e olha de volta para o buraco por um momento, como se estivesse pensando em descer e ajudá-la. Mas quando o grito de águia soa acima das árvores, ele rapidamente gira e desaparece atrás dos outros.

O choro assustado aos meus pés me tira da minha confusão. Dou um passo à frente e olho para baixo, encontrando os olhos brilhantes de Angel. Nós olhamos um para o outro pela duração de uma respiração.

— Por favor, não me deixe aqui — Ela murmura.

Não vou.

Apertando minha mandíbula, me agacho na beira do buraco e testo o chão.

— Capitão! — Fin Flannigan grita. — Que diabos está fazendo?

— Salvando a garota.

Smee se agacha ao meu lado. Sua voz é baixa e ansiosa. — Não há nada para se segurar, James. Se você escorregar, cairá para a morte.

Considero sua preocupação por um segundo e, depois, aceno com a cabeça. — É exatamente por isso que alguém tem que tirá-la de lá.

Smee respira fundo pelo nariz, coloca uma mão pesada no meu ombro e me diz para esperar. Então, ele se levanta e tira uma faca do cinto. Caminha até um cipó, corta e entrega para mim. — Vamos puxar você de volta quando estiver pronto. — Como se estivesse em um comando silencioso, todos os outros seguram no cipó.

Grato pela possibilidade de sair vivo disso, enrolo o cipó em volta do meu punho e começo a deslizar para onde Angel ainda se agarra a um pequeno pedaço de uma raiz saliente. Quando estou ao lado dela, posso ver como ela está tremendo e sua respiração está entrecortada. Suas mãos ficaram brancas de seu aperto desesperado.

Eu passo um braço em volta da cintura dela e a puxo para junto de mim. — Te peguei. Pode largar agora.

O barulho de seus dentes é tudo o que sai de sua boca quando ela balança a cabeça. A garota está petrificada e eu que a coloquei nesta situação. De uma maneira estranha, faz meu peito doer por ela. Quase digo que sinto muito, mas no último momento percebo meu erro. Sou pirata, caramba. Nunca sinto muito por nada. — Você tem que largar agora. Vou tirar você daqui, Angel, mas você tem que confiar em mim.

Merda, quem eu estou enganando? Eu não confiaria em mim mesmo se fosse ela. Mas em sua situação terrível, ela não tem muita escolha. Ainda assim, me surpreende quando de repente ela passa um braço em volta do meu pescoço, pressionando o rosto no meu ombro.

— Viu? Não foi tão difícil. — Eu a seguro mais forte contra mim para lhe dar uma melhor sensação de segurança. A suavidade de seu corpo frágil me pega desprevenido. É bom abraçá-la. Lentamente, os dedos da outra mão se soltam e ela envolve o outro braço em volta de mim também. — Tudo bem... não vou deixar você cair. Eu prometo. — Como se a palavra de um pirata contasse alguma coisa, eu sei. Desta vez, no entanto, é realmente verdade. — Tire-nos daqui! — Eu grito para Smee.

Os homens seguem um ritmo contando, lentamente nos levantando em direção à beira do buraco. Angel está tremendo tanto em meus braços que tenho medo de perdê-la. Segurando firme, eu a trago comigo. Smee a ajuda a passar pela borda e a firma até que eu também esteja de pé e possa assumir o controle.

Assim que eu toco seus ombros, ela começa a brigar comigo. Se debatendo, ela resmunga algumas palavras ininteligíveis. Provavelmente quer me amaldiçoar, mas nenhum som real sai da garganta dela.

Angel era uma garota durona quando a conheci essa tarde. Hoje à noite eu a quebrei.

Ela engole algumas vezes e tenta falar novamente sem sucesso.

— Deixe-me ajudá-la — Interrompo, notando que a frente de sua blusa está desfiada deixando amostra parte de sua pele nua e pálida.

— Não! — Freneticamente, ela balança a cabeça, lágrimas escorrendo por suas bochechas sujas.

Até hoje, nunca tive que lidar com lágrimas na minha vida. Elas meio que me assustam. — Você está chocada e não é capaz de ficar de pé com as próprias pernas. Deixe. Eu. Ajudar. Você.

Eu seguro seus cotovelos, o que ela me agradece com um olhar cheio de ódio e um soco fraco no meu ombro. — Me solta! — Saindo do meu alcance, a garota boba cambaleia alguns passos para longe e se inclina sem vida para o lado.

Pulo para frente e a pego, segurando-a em meus braços. O cheiro de canela de seu cabelo se esfrega em minhas narinas. Ela não pesa nada, provavelmente só tinha aquela maçã estúpida para comer o dia todo. Ela devia estar morrendo de fome quando a fiz caminhar para a selva conosco. *Belo trabalho, James*. Mas nunca disse que era bom em cuidar das coisas. Eu não deveria tê-la trazido a bordo do Jolly Roger. É por isso que os navios piratas são comandados por homens. Garotas significam problemas. Elas são tão... dependentes.

Girando, eu encaro a pequena parte da tripulação que veio comigo esta noite. Todos olham para mim como se eu estivesse cheio de sarna. — Qual o problema? — Grito.

Smee estreita os olhos. — O que você vai fazer com ela?

Sim, essa é uma boa pergunta. Dou de ombros porque não tenho a menor ideia.

Capítulo 9

Angelina

MINHA CABEÇA DÓI e a fome faz meu estômago dar nós. Náusea arranha minha garganta por uma estranha sensação de oscilação. Estou no navio pirata de novo? Eu posso ouvir murmúrios silenciosos ao meu redor, mas me sinto fraca demais para abrir os olhos e descobrir onde estou. Braços fortes me apertam e percebo que não estou em um navio. Alguém está me carregando. Felizmente é Peter voando comigo para longe de Gancho e seus homens.

Eu rolo minha cabeça para o lado, inclinando minha bochecha contra um peito quente. Sinto um perfume familiar.

Tangerina e água do mar.

Não, não, não, ele não! Ele é o inimigo. Eu não quero estar aqui. Penso no meu lugar feliz, minha casa em Londres, e espero até que o sono me leve mais uma vez.

Uma conversa sussurrada me acorda algum tempo depois, mas ainda estou exausta demais para acordar.

— Você vai levá-la para seus aposentos?

— Bem, ela tem que dormir em *algum lugar*, e o porão não é o lugar certo para colocá-la, é? Mas podemos levá-la para *seus* aposentos, se for uma ideia melhor.

— *Não!* Melhor o seu camarote.

Sou colocada em algo macio. Piscando algumas vezes, só consigo distinguir a luz tremulante de uma chama de vela. Figuras se movem como sombras no cômodo. Meus sapatos saem e um cobertor está sobre o meu corpo. O tremor desaparece dos meus ossos. Encolho-me no travesseiro macio e estendo a mão para minhas irmãs no sonho que ainda não abandonei completamente. Paulina ri e joga seus pequenos braços em volta do meu pescoço. Ela beija minha bochecha e me diz para voltar para casa. Fechando os olhos, eu volto.

*

Algo acaricia minha bochecha esquerda. Parece maravilhosamente suave. Depois de um suspiro profundo de prazer, abro os olhos e inclino a cabeça para ver o que é. A luz brilhante do sol da manhã flui pelas três amplas janelas e cobre metade da sala como um cobertor de calor. Longas cortinas brancas estão sonhadoramente separadas e amarradas a ambos os lados das janelas. Se não soubesse, diria que acordei em um palácio.

É claro que sei onde estou verdadeiramente – mantida em cativeiro na cabine do navio do homem mais malvado do mundo.

Enquanto me sento num mar de lençóis brancos, cada osso do meu corpo dói, lembrando-me do pior dia da minha vida. Estremeço e esfrego minhas têmporas. A última coisa que lembro é de tentar fugir de Gancho depois que ele me tirou daquele buraco. Por que ele fez isso é um enigma para mim. Um palpite aleatório: ele precisa de mim para outro dos seus planos horríveis. Mas quanto valor eu ainda poderia ter para ele? Depois da noite passada, deve ficar óbvio para todos que Peter Pan não se importa com o que acontece comigo. Honestamente, quem pode culpá-lo? Ele deve pensar em mim como a pior traidora de todos os tempos, mesmo que não tenha sido minha intenção ou culpa levar os piratas ao seu esconderijo. Sinto-me mal por Peter e os Garotos Perdidos.

Imaginando se seria uma boa ideia sair da cama, deixo meu olhar percorrer o quarto. A cama em que deito, as prateleiras na parede e o enorme guarda-roupa antigo, tudo é feito da mesma madeira cor de chocolate, até a pequena mesa encostada na parede ao lado das janelas.

Existem três portas em três paredes diferentes. Uma, fica ao lado da mesa; outra, na parede oposta às janelas onde também fica o guarda-roupa, e mais outra, leva a um cômodo atrás de mim. A curiosidade me faz sair da cama aconchegante eventualmente, mas não preciso explorar mais, porque uma bandeja na mesa com um café da manhã com cheiro delicioso me puxa como uma pilha de presentes embaixo de uma árvore de Natal.

Há uma leiteira com leite morno, fatias de carne de porco assado e queijo, pães e uma tigela de frutas. Deslizando-me na cadeira giratória feita da mesma madeira que o resto dos móveis, ataco como uma cadela voraz e em poucos minutos termino com toda a comida, até a última maçã vermelha suculenta da tigela. Quem sabe quando vou comer de novo neste lugar?

Completamente cheia, levanto-me e caminho até a porta oposta às janelas, onde ouço os gritos dos homens e a agitação no convés. Tem uma nota manuscrita presa na madeira ao nível dos olhos, o que eu não havia notado antes.

Olhe para a esquerda antes de
passar pela porta.

Virando a cabeça para a esquerda, vejo diante de mim um espelho tão alto quanto eu. *Meu Deus!* Instintivamente, cubro a parte superior do meu corpo com os braços, porque minha camiseta está toda rasgada. Deve ter rasgado na selva na noite passada, quando deslizei por aquela descida perigosa. Seria uma ideia estúpida enfrentar a tripulação com meu corpo exposto assim. Com uma segunda olhada, cores brilhantes atrás de mim chamam minha atenção. Eu giro. Três vestidos estão pendurados ao lado do guarda-roupa, cada um deles de tirar o fôlego.

Um é vermelho-sangue, feito de veludo, com um corpete apertado e uma saia rodada. Possui mangas compridas que terminam como um sino macio esvoaçante. O segundo é rosa, sem mangas, e como o primeiro, é tão longo que eu pisaria na bainha se o usasse sem salto alto. Puxo o terceiro vestido do cabide e o seguro na frente do meu corpo, voltando-me para o espelho. O vestido azul claro mal chega aos meus tornozelos e tem mangas justas que terminam logo acima dos cotovelos. O corte é um estilo simples de boneca com um laço de cetim abaixo do peito. É lindo. E a melhor coisa é que, onde quer que eu vá na Terra do Nunca, não atrairei atenção.

Colocando cuidadosamente o vestido na cama, tiro minha camisa rasgada. Vejo pelo canto do olho outra nota, está na porta ao lado da cama. Diz:

Banheiro

Cautelosamente, abro a porta e espio dentro. Tem um banheiro no fundo do quarto e, uau! Não tem teto! Dois baldes cheios de água pairam sobre um espaço aberto, uma corda presa aos dois. Chuveiro interessante. Gostaria de saber se tem algum problema em usá-lo. Tirando o resto das minhas roupas sujas e rasgadas e colocando no chão, entro no banheiro e fico sob o primeiro balde, puxando seu barbante.

Solto um palavrão por entre os dentes cerrados. A água jorrando sobre mim é gelada. Claro que é; é água do mar. Há uma barra de sabão em uma pequena cesta presa à parede. Eu esfrego sobre meu corpo molhado. A espuma aumenta e o cheiro de tangerina chega ao meu nariz. Percebo que quando terminar aqui, terei o cheiro do capitão deste navio. Bem, nada pode mudar isso agora. Puxando a segunda corda, lavo a espuma e a vejo correr por uma calha estreita no chão. O dreno leva através de um pequeno buraco na parede e sai do navio para o mar.

Não há nada para me secar, então, visto o vestido sobre meu corpo molhado, o que é difícil, mas eu consigo. Minha blusa e calça jeans não servem mais, então, as coloco na lixeira embaixo da mesa, mas não antes de tirar meu cartão de viagem do bolso. O cartão de papel sofreu muito quando pulei no mar ontem. As datas estão borradas; os cantos, dobrados, mas a palavra *Londres* ainda é legível.

Passando o dedo nele, solto um suspiro pesado. Mamãe e papai ficarão preocupados comigo. Eles provavelmente já foram à polícia e relataram minha falta. Eu gostaria de poder dizer a eles onde procurar por mim. Gostaria de poder informá-los que ainda estou viva.

Meu Deus, gostaria de poder lembrar dos seus rostos!

Assustada, deito no colchão. Como alguém não se lembra dos pais? Isso é impossível. Eles estiveram lá a minha vida inteira. Entramos e saímos da mesma casa por quase dezoito anos. Como poderia esquecer?

Mas quanto mais eu tento puxar os rostos deles da minha memória, mais claro fica que isso não é tudo que se perdeu. Não me lembro dos nomes, das vozes ou de um único momento da minha vida que passamos juntos. É como se eles não existissem.

O que mais me assusta é que nem tristeza sinto pela perda deles. Tenho certeza de que devo sentir falta deles, sofrer porque estou muito longe deles. Mas não sofro. As palavras *mãe* e *pai* se tornaram conchas vazias em minha mente.

O pânico aperta meu peito. Quanto tempo até eu esquecer tudo sobre o meu passado? Quantos dias mais posso guardar a memória de Paulina e Brittany? Quanto tempo até eu esquecer completamente de onde vim, como é a nossa casa e quem eu realmente sou?

Isso não pode acontecer!

Farei qualquer coisa para deixar a Terra do Nunca. Se houver um caminho para casa, vou encontrá-lo. Pressiono o minúsculo cartão no coração e prometo a mim mesma que não vou desistir. Lutarei por qualquer memória que puder salvar e encontrarei um caminho de volta para minhas irmãs. Cheia de uma nova onda de esperança e determinação, levanto-me da cama e enfio o cartão de viagem em um bolso lateral que descobri no vestido. É hora de descobrir onde estamos, se o navio ainda está perto da costa e outra tentativa de fuga faz sentido, ou se estamos longe novamente, cercados por um cardume de tubarões.

Meus tênis não combinam com o vestido de boneca e também não se encaixam nessa época. As tábuas do piso são quentes o suficiente, então, deve ficar bem andar descalço. A maçaneta já está na minha mão, no entanto, hesito quando outra nota presa à terceira porta à minha esquerda chama minha atenção. Esta está presa com uma adaga.

Não entre!

Não ouço nada atrás desta porta. Me pergunto o que há lá. Outro tesouro? Armas? Quarto de outra pessoa? Batendo meus dedos suavemente na madeira, espero por uma resposta. Nada. Nem mesmo quando bato mais alto. Se houver espadas ou pistolas atrás desta porta, isso aumentaria minhas chances de sair do navio. Nada melhor do que uma arma na mão.

Com cuidado, giro a maçaneta e abro a porta apenas numa fresta. Após o primeiro vislumbre, meu coração afunda. Este não é um esconderijo de armas. É um escritório entediante. Ando mais para dentro da sala e olho em volta. O odor do rum paira pesadamente no ar. Há uma enorme mesa em frente à fila contínua de janelas, um mapa da Terra do Nunca na parede e outra porta em frente às janelas, provavelmente levando ao convés. Estou prestes a me virar quando ela se abre e olhos azuis afiados encontram os meus.

Devo ter assustado Gancho tanto quanto ele me assustou, porque ele congela na porta por um momento. Então, passa a mão pelos cabelos soprados pelo vento e caminha pela sala.

Meu primeiro impulso é gritar e fugir, pular pela

114

janela, mas o pânico me mantém enraizada no lugar. Gancho passa por mim e espreita pela porta como se estivesse procurando alguma coisa. Certo... se a adaga caiu e a nota desapareceu.

Sei que ainda está lá, então, mordo meu lábio inferior até que ele fique na minha frente novamente, com os braços cruzados. As mangas de sua camisa branca estão arregaçadas até os cotovelos e posso ver o tremor zangado de seus bíceps por baixo. Apenas a metade inferior da camisa é abotoada. Pela primeira vez, vejo a minúscula chave de ouro em uma corrente em volta do pescoço.

— Eu presumo que você saiba ler? — Ele rosna no meu rosto e eu olho para cima. Engolindo em seco, concordo. — Então, qual parte você não entendeu exatamente?

Ele está tentando me intimidar. E está fazendo um excelente trabalho. Meu coração bate num ritmo de pânico. Ontem à noite, vi do que este homem é capaz. Qual é o castigo por desobediência no Jolly Roger? Certamente algo doloroso.

— Você vai me chicotear na frente da tripulação agora? — Eu sussurro.

— O quê? *Não!* — Ele faz uma pausa e suas sobrancelhas se desenham ainda mais profundas do que a carranca que ele dirigiu a mim apenas um momento atrás. — Por que acha que eu faria isso?

O medo fecha minha garganta. — Porque você é uma pessoa má... com uma alma feia. — Dizer a ele isso deve ter dobrado o número de açoites que receberei.

Capítulo 10

James

O MEDO NOS olhos de Angel quase me sufoca. Pensei que havia feito algo de bom por ela, resgatando-a da armadilha, carregando-a de volta quando ela estava exausta demais para abrir os olhos e dando a ela a cabine de capitão durante a noite. Obviamente, não foi suficiente.

— Não vou te punir — Digo com alguma força na minha voz para fazê-la acreditar em mim.

Angel baixa o olhar para os pés nus. — Bem, obrigada então.

Obrigada? Que besteira é essa? Sou pirata, mas Deus sabe que nunca torturei uma mulher. — Escute, sei que fui duro com você ontem. Não vai acontecer novamente. Você não precisa ter medo de mim.

Seus olhos encontram os meus. Há uma certa

confusão em seu olhar e também um lampejo de esperança. Ela junta as mãos na frente da barriga. — Eu ainda sou sua prisioneira?

Teoricamente ela é, mas quero que se sinta confortável também. — Você é minha hóspede.

— Estou livre para deixar o navio?

— Hum... não.

— Então, sou sua prisioneira. — A tristeza cede lugar à raiva em seus olhos enquanto ela passa por mim de volta ao meu quarto e fecha a porta. Um clique soa na fechadura quando gira a chave.

Meu queixo cai. Ela enlouqueceu, trancou-me fora da minha própria cabine. Eu poderia sair no convés e tentar a outra porta, mas tenho certeza de que ela também trancou.

Ela deveria ter feito isso ontem à noite. Então, eu não ficaria tentado a ficar na porta por horas e vê-la dormir. E eu nunca teria descoberto que ela sabe onde está o tesouro.

Depois que Smee e eu levamos Angel para meus aposentos e ele partiu, tentei encher a cara em meu escritório, apenas para fugir do desejo de deslizar pela porta e cheirar seus cabelos novamente, que cheira tão tentadoramente a canela que me deixou tonto por todo o caminho de volta da selva. Eu estava na segunda garrafa de rum quando o som suave da voz dela atravessou a parede. Ela estava murmurando enquanto dormia. Sobre sua vida, sua casa, as pessoas e como ela queria ouvir alguém rir de novo. Coisas que não faziam sentido para mim. Acho que ela mencionou seu nome verdadeiro, mas não tenho certeza e também não me importei muito. Mas quando ela começou a se desculpar com Peter Pan por vendê-lo e garantir que não contou ao *malvado Capitão Gancho* onde estava a caverna do tesouro, me chamou a atenção.

Ela não revelou a localização durante o sono, mas agora tenho certeza de que ela sabe onde está. Sou forçado a mantê-la a bordo até que eu possa extrair as informações dela. E se ela continuar teimosa e eu tiver que ouvi-la conversando sobre o sono toda noite a partir de agora... Bem, conheço maneiras piores de passar a noite.

Mas o que ela disse sobre mim – sobre minha alma feia – ecoa em minha mente como a batida de um tambor. Percebo que a magoei ontem à noite. Talvez eu deva tentar reparar alguns dos meus erros de ontem. Ela não se parece mais com a moça atrevida que conheci no porto. E isso meio que me incomoda. Se puder encontrar meu tesouro com a ajuda de Angel, voluntária ou não, eu também poderia ajudá-la a encontrar um caminho de volta para Londres em troca.

— Smee! — Grito ao sair do meu escritório. Ele está atrás do timão guiando o navio paralelo à costa, como eu ordenei que fizesse. — Baixe a âncora e venha aqui!

Dez minutos depois, Jack Smee me encontra no parapeito. — O que há, capitão?

— Preciso que faça outra coisa.

Um sorriso presunçoso se abre na sua boca. — Mais vestidos para a garota?

— Não. O que ela está vestindo parece bom o suficiente. — Bom até demais, tive a oportunidade de descobrir enquanto fiquei olhando para seus ombros nus devido à gola larga do vestido azul. — Quero que você pegue um bote e dois homens. Volte para o porto. Encontre todos os mapas náuticos que existem. Depois, vá para a floresta e se encontre com as fadas.

— Remona e Bri'Shán? — Há uma ponta desconfortável em sua voz. Sei que ele não gosta de conversar com as irmãs fadas. Ninguém gosta. Há rumores de que elas usam homens jovens para suas poções e encantamentos obscuros. E, então, eles podem ficar... cansados às vezes.

— Se alguém sabe alguma coisa sobre essa *Londres*, são elas.

— Então, estamos tentando ajudar a garota agora? — Ele assume uma postura branda, braços cruzados, cabeça inclinada e uma sobrancelha arqueada. — E o plano original? Esperar até que ela apareça com as informações que queremos?

— Não vai doer se dermos uma olhada nos mapas enquanto isso, vai? — Ergui o queixo para mostrar a ele que é uma má ideia ficar fazendo perguntas sobre meus planos, amigos ou não.

Claro, Jack não está impressionado com o meu tom severo. Nunca ficou. Não ajuda muito que o conheça desde que eu tinha seis anos. Por outro lado, é exatamente isso que o torna o mais leal de toda a minha tripulação.

— Tudo bem. — Ele bate no meu ombro. — Algo

mais?

— Sim. Traga-me um chapéu novo — resmungo. — Perdi o meu na batalha na noite passada e me sinto nu sem ele.

Smee ri. — Vou pegar um com uma pena maior.

Fico olhando abaixarem o bote com Fin Flannigan e "Batata" Ralph. É bom que o cozinheiro também vá. Se ele trouxer um pouco de carne e frutas, teremos algo diferente de batatas para comer, para variar. O café da manhã que ele preparou para Angel esta manhã foi impressionante. Não sabia que tínhamos metade das coisas a bordo.

Capítulo 11

Angelina

NÃO SEI se Gancho deliberadamente deixou as chaves na fechadura ou simplesmente esqueceu que elas estavam lá, mas é bom ter a oportunidade de ficar num pequeno local em segurança neste navio. Como esta é obviamente a cabine do capitão, me pergunto onde ele dormiu ontem à noite.

Esse incidente com ele meia hora atrás no escritório ao lado me deixou com uma sensação de náusea. Desde que entrei neste navio, ele tenta me intimidar. Mas ontem à noite, pouco antes de eu ter ficado inconsciente, ele parecia diferente. Como se houvesse um ser humano de verdade sob toda aquela crueldade. Ele não me deixou morrer naquele buraco, me deu roupas quando as minhas estavam rasgadas, daí, disse que não preciso ter medo dele. O que exatamente isso significa? Que ele não vai me forçar a andar na prancha pela segunda vez?

Aninhada na cabeceira da cama larga, minhas pernas cruzadas sob a saia do vestido, esfrego as mãos no rosto e suspiro nas palmas das mãos. Passei apenas dois dias nessa terra louca e já esqueci muito da minha vida.

O medo toma conta de mim. Não quero esquecer meu passado, talvez devesse começar a escrever algum tipo de diário. Sim, é uma ótima ideia. Mas, então, e se no final eu nem me lembrar por que escrevi essa história em particular? Ou talvez esqueça que fui eu quem começou esse diário no início? Aqui, na Terra do Nunca, tudo parece possível e, de repente, meu estômago se contorce num nó apertado. Fazer anotações não parece o caminho certo para lidar com isso.

Em vez disso, tento me lembrar de tudo que sei num murmúrio. — Meu nome é Angel. — Muito provavelmente. — Tenho dezessete anos; moro em uma linda casa de dois andares nos arredores de Londres; gosto de biscoitos de canela e leite com morango, e meu filme favorito é *Piratas do Caribe*. — Paro e fico olhando para os dedos dos pés que aparecem por baixo da bainha da saia. Isso não é apenas irônico? Não poderei assistir a esse filme sem me tornar uma fracote a lamentar o futuro.

Ok, o que mais eu ainda sei? — Minhas irmãs são gêmeas, loiras, e adoram tornar minha vida um inferno quando meus pais — os que não me lembro — estão fora de casa. Nenhuma informação importante se foi desde que me levantei esta manhã. Se eu continuar repetindo essas coisas para mim o dia todo, talvez não as esqueça, apesar de tudo.

E esse é o momento exato em que percebo algo. Da manhã à noite, lembro-me de tudo – o tempo todo. O que há quando acordo ainda está lá quando vou dormir. É no período em que não estou acordada que acho que perco mais uma parte da minha memória.

Um calafrio gelado trilha na minha espinha.

Sono é a resposta. Não devo adormecer de novo ou vou acordar com outro pedaço de memória perdido para sempre. E isso significa que tenho que encontrar uma saída dessa ilha nas próximas dezesseis a vinte horas.

Meu Deus! *Não entre em pânico agora!*

Pulo da cama e ando pelo quarto. Que opções tenho? A Terra do Nunca é uma pequena ilha. A única chance de sair é nadar ou embarcar em um navio. Com os tubarões por aí, opto pelo último. Os navios de passageiros no porto são inúteis. Eles estão degradados e foram convertidos para se ajustarem à vida preguiçosa da cidade. Levaria semanas, se não meses, para que eles estivessem em condições de navegar.

Aparentemente, o único navio que ainda navega no oceano é o Jolly Roger. Preciso de um plano para mover o navio na direção certa.

Ou... que alguém o mude.

Um sorriso malicioso desliza pelos meus lábios quando me viro e encaro a nota *Não Entre*. Foi presa à porta com uma adaga. Caramba, o tempo todo estava lá na frente do meu nariz e não vi! Parece que não preciso de uma pistola, afinal.

Puxo a adaga bem a tempo de ouvir o som da outra porta do escritório se abrindo. Os saltos das botas de Gancho batem na madeira. Então, ele está de volta e aparentemente sozinho. Esta é minha melhor aposta para *convencê-lo* de minhas intenções. Não demoro mais de um minuto para pensar, apenas um momento para esconder a adaga de prata no bolso lateral do meu vestido. É muito longa e a ponta da lâmina fica exposta, então, a cubro deslizando minha mão no bolso também. Com a outra, eu bato na porta.

— A última vez que te vi entrar naquele quarto, *você* trancou a porta — Vem o som abafado de Gancho, em resposta.

Certo. Viro a chave como se fosse um convite para ele entrar.

Gancho fica na janela do meio atrás de sua mesa, de costas para mim. Quando fecho a porta, ele olha por cima do ombro. — O que posso fazer por você? — Há um tom de irritação na voz dele.

Eu quase desisto do meu plano, mas com a imagem de Paulina abraçando seu coelho de brinquedo em minha mente, respiro fundo, nivelo os ombros e digo: — Para começar, você poderia me deixar sair deste navio, Capitão.

Gancho deixa sua atenção rumo fora do navio novamente e ri. — Sair deste navio... — Então, ele se vira lentamente, contorna a mesa e se inclina contra a borda, as pernas cruzadas nos tornozelos e os braços cruzados sobre o peito. Inclinando a cabeça e sorrindo apenas o suficiente para me fazer pensar se ele está contendo suas maneiras desagradáveis de pirata por um momento, ele me estuda a uma distância de um metro e meio entre nós. — Diga-me, Srtª Londres, onde você iria se eu a deixasse livre?

Eu dou de ombros, levantando meu queixo. — De volta ao porto. Encontrar alguém que possa me dizer como sair da Terra do Nunca.

— Você já sabe que este navio é sua única maneira de partir. Nenhuma das pessoas da cidade pode ajudá-la. A maioria nem percebe que existe um lugar fora da Terra do Nunca.

— Mas você sabe.

Ele afrouxa os braços e agarra a borda da mesa com as duas mãos. — Já vi outros virem para cá. Mas nunca vi ninguém sair.

Aperto o cabo da adaga no meu bolso para ter mais coragem. — Ainda assim, você acha que é possível?

Uma risada suave balança seu peito. É o mesmo som forte que ouvi dele ontem, antes que me atraísse para o navio dele. — Vou te falar — Diz ele —, você me mostra onde está meu tesouro e te digo o que penso.

Minha reticência ontem na beira da prancha obviamente não o convenceu. — Por que você acha que eu sei alguma coisa?

— Ah, só um pressentimento — Ele me provoca.

— Um pressentimento? — Estou testando a palavra na minha língua. — Sabe? Eu também tenho um pressentimento.

— Quer me contar? — Gancho ainda faz parecer que estamos tendo uma boa conversa até aqui, enquanto dentro do meu corpo todos os meus músculos estão rígidos como arame esticado. É certo que o capitão amigável é muito menos perturbador do que seu alter ego. Mas não serei enganada desta vez.

— Com certeza. — Imito seu sorriso provocador. — Tenho a sensação de que você vai desviar o navio da costa agora e ver se consegue encontrar Londres para mim.

Ele levanta as duas sobrancelhas em um desafio. — E o que faz você ter tanta certeza disso?

Rapidamente, eu avanço. Puxando a adaga do meu bolso, pressiono a ponta na base de sua garganta. *Pronto!* Atordoado, sem palavras, ele olha para mim de olhos arregalados e com o queixo levantado. — Meu amiguinho! — Digo — Convencido?

Alegria substitui sua expressão de surpresa e ele começa a rir. — Não exatamente. Envolvendo sua mão na minha na adaga, ele a afasta da garganta. Simples assim.

Minha boca se abre.

Ele se endireita da mesa e se aproxima. Não tenho chance de me afastar, porque ele ainda está segurando minha mão. Meus dedos tremeriam se ele não os estivesse pressionando tão firmemente.

— Deixe-me explicar uma coisa para você, Angel — Diz ele com uma voz mais sombria do que antes e abaixa a cabeça, então, estamos olhando nos olhos um do outro a apenas cinco centímetros de distância. — Nunca aponte uma faca para um pirata, se você não tiver cem por cento de certeza de que vai usá-la. — Ele tira uma mecha do meu cabelo dos meus olhos e a prende atrás da orelha, descansando a mão na curva de meu pescoço e ombro. — Se você tivesse um pouco da crueldade que está tentando fingir aqui, já teria usado as informações sobre o esconderijo do tesouro para comprar sua liberdade.

Sua respiração cheira a rum, mas seus olhos estão sóbrios. Ele acabou de me oferecer um acordo?

Ele começa a acariciar o ponto sensível sob a minha orelha com o polegar e, de repente, acho difícil me concentrar. Seus olhos azuis parecem muito mais sexies do que quando os vi pela última vez. Mesmo que nossas testas não se toquem, posso sentir cócegas de seus cabelos sedosos contra a minha pele. Onde ele quer chegar com isso?

— Não confio em você — Sussurro e tento me livrar do seu feitiço repentinamente inquebrável.

— Sei que não confia — Ele sussurra de volta.

— Onde isso nos leva?

Lentamente, Gancho passa a língua pelo lábio inferior e, em seguida, um canto da boca se curva em um meio sorriso. — Num navio. Juntos. Presos pela eternidade.

Caramba, ele está me provocando. E ele gosta de jogar esse jogo de acordo com suas regras. Mas não estou pronta para jogar. Eu não tenho *tempo* para isso.

Recuando, limpo a garganta e afirmo com mais

firmeza: — Você não pode me manter prisioneira para sempre.

Alegremente, Gancho inclina a cabeça. — Esse outro pressentimento seu está lhe dizendo isso?

Eu quero gritar: "Dane-se!" na cara dele, mas em vez disso, cerro os dentes e bufo para ele. Então, me afasto, precisando de um plano B, e rápido. É melhor voltar para minha cabine. Mas Gancho me puxa de volta pela mão que eu esqueci que ele ainda está segurando.

Cuidadosamente, ele desenrola meus dedos do punho enquanto segura meu pulso com a outra mão e diz, de forma encantadora: — Se você não se importa, fico com a adaga. — Ele a enfia no cinto enquanto volta para onde estava perto da mesa e cruza os braços sobre o peito mais uma vez.

Eu simplesmente tentei abrir a garganta dele, e ele me deixou ir com um sorriso? O que infernos mudou tanto nele? Com os olhos cerrados, olho para ele de lado, mas não há como descobrir. Deixo para lá e continuo, queixo alto, de volta para a porta. Mas antes que eu possa fechá-la, eu o ouço chamar meu nome.

— O quê? — Grito por cima do ombro.

— É bom ver que não acabei com tudo.

Confusa, me viro mais uma vez e olho do batente da porta. — Tudo o quê? — Pergunto deliberadamente devagar.

Ele me dá o primeiro sorriso de verdade. — Seu espírito.

Abro a boca para dizer algo e depois fecho. Como

ele se importa com o meu espírito? Saio e fecho a porta, mas sem o estrondo que eu havia planejado.

Este encontro foi ainda mais perturbador do que o primeiro desta manhã. As mudanças de humor dele me deixam inquieta. Especialmente quando terminam com ele acariciando minha pele. Minha barriga ainda está enjoada com essa experiência. Fecho os olhos e toco o lado da minha garganta onde seus dedos estavam um minuto atrás. James Hook é um homem inescrutável.

Infelizmente, ele não está disposto a me ajudar e estou ficando sem tempo. Então, em vez de pensar nos seus olhos azuis como a água do mar invadindo os meus, eu deveria me concentrar em encontrar uma solução para o meu problema antes que o dia acabe e eu perca mais memória ao dormir.

Gritos dos decks me dão uma ideia. Talvez eu possa subornar a tripulação em motim. Mas o que tenho a oferecer para tornar essa aventura atraente para os piratas? Nada.

Bem... nada *aqui*. Se eu conseguir convencer os homens a navegar para longe e encontrar outros lugares para saquear, eles podem mostrar algum interesse.

Com um sorriso animado colado nos lábios, saio pela porta e dou uma reviravolta na quente luz do sol. Meu olhar viaja pelo amplos decks. Onde começar? Existem quatro piratas no mastro mais baixo do navio. Eles seguram garrafas de rum e ladram de tanto rir. Bêbados e em demasiado número, não são os melhores para começar.

À minha direita, encontro o pirata de dentes de

ouro que anunciou o capitão a bordo ontem. Ele está sentado sem camisa em um barril, limpando uma de suas botas. Cuspindo na ponta, ele a esfrega com um pano borrado. Bruto. Mas ele é o membro perfeito da tripulação para provocar um motim. Parece alguém que os outros ouvem. Bem, depois de Gancho e Jack Smee.

Tão discretamente quanto uma borboleta, dou alguns passos balançantes em sua direção, bato nas pontas dos pés algumas vezes e finalmente me sento em uma pilha de linho branco e redes de pesca. — Bem, olá — Digo inocentemente, embora possa ouvir como minha voz treme.

O homem me lança um olhar ganancioso de lado, mas não retribui minha saudação.

— O que você está fazendo?

— Limpando as botas, moça — Ele me diz com uma voz profunda estrondosa e cospe novamente. Sua saliva é marrom do tabaco e tenho que respirar fundo para não vomitar.

— Isso é tudo o que você faz o dia inteiro?

— É o suficiente por enquanto. — Aparentemente, ele terminou esta bota, porque a larga e puxa a outra, iniciando o procedimento repugnante novamente. Eu assisto, paralisada. — Por que você está tão interessado nas minhas botas, moça?

— Hum? Ah, eu só estou me perguntando por que você está passando um tempo aqui, limpando-as, quando poderia estar fazendo, eu não sei, coisas de pirata?

— Coisas de piratas? — Ele repete em um tom

engraçado.

— Você sabe, como invadir outros navios... brigar com outros piratas. Afinal, não é isso que vocês deveriam fazer? — *Sim, boa tática, Angel,* eu me incentivo.

— Nós faríamos. Mas o Jolly Roger é o único navio no mar. — Seus olhos se concentram em um ponto de cocô de gaivota na bota e ele força um pouco de catarro nojento da garganta. O som levanta arrepios em meus braços e faz meu couro cabeludo formigar. Ele cospe tudo no local e depois o limpa com o pano. — Não há muito o que furtar nessas águas.

— Essa deve ser uma vida chata para você e os homens a bordo então. Eu me pergunto por que o capitão não deixa vocês navegarem mais longe e se divertirem de verdade.

Uma risada suave soa do castelo de popa acima. Inclino minha cabeça e vejo Gancho encostado casualmente no parapeito da ponte, obviamente ouvindo nossa conversa. Ele deve saber para onde vou com isso e ainda assim ele ri? Acho que estou segura então.

Para mostrar que não me importo nem um pouco que ele esteja bisbilhotando, dou um sorriso tenso de volta para ele e volto minha atenção para o homem sem camisa. — Você deveria fazê-lo entender suas necessidades como pirata. Que capitão obriga sua tripulação a circular por uma pequena ilha por anos?

— Um que está atrás de um tesouro. — Quando sua bota está tão brilhante quanto possível, ele a larga também, levanta-se e sacode o pano. Só agora percebo que na verdade é uma camisa. A camisa *dele*. E ele a veste. *Nossa!*

— Parece que você não aprova as decisões do nosso capitão — Ele afirma e acaricia o queixo. — Você está se candidatando ao cargo, moça?

Eu me levanto e dou de ombros. — Só estou dizendo que os piratas deveriam fazer alguma coisa. Bem, algo além de limpar os decks ou os sapatos o dia todo.

— Você daria uma bela capitã, moça bonita. Bem magra e bem vestida. — Ele engole uma risada e coloca as mãos nos meus quadris. Uau, não planejei essa parte da conversa. Quando ele passa o polegar pela minha bochecha, tenho certeza de que ele deixa um rastro de sebo para trás. Afasto-me, mas ele põe o braço em volta da minha cintura e me puxa para perto. — Todos os homens estariam aos seus pés.

De repente, ele endurece e levo apenas mais um segundo para perceber o porquê. A lâmina fina e afiada de uma espada está pressionada contra sua garganta. — Tire as mãos da moça, Brant Skyler — Diz Gancho ao homem com veneno na voz. — Bem devagar.

O Sr. Skyler empalidece e afasta as mãos. — Eu só estava brincando com ela, Cap.

— A brincadeira acabou. Deixe-a em paz.

Imediatamente, o pirata corre para o grupo de seus amigos que bebem rum. Gancho lança um olhar de advertência por cima do ombro, então, grita tão alto que todos no navio se viram e escutam. — A garota não deve ser tocada! O próximo homem que colocar um dedo nela é isca de tubarão! Compreendido?

Ouvem-se vários murmúrios de sim vindo de todos os lados.

Com um aperto firme no meu braço, Gancho me arrasta em direção às escadas que levam à ponte. Ele não veio por aqui, eu sei, porque eu estava assistindo. Ele acabou de pular o corrimão para me resgatar?

Intrigada, inclino minha cabeça para procurar seu rosto. Seus olhos brilham com irritação, surpresa e alegria. Não consigo descobrir o que o faz superar os outros quando ele pergunta: — Por que você está seduzindo meus homens, Angel?

— Eu não estava.

— Certo. A menos que esteja muito enganado, você só tentou iniciar um motim, o que também não é muito bom.

Por um breve momento, fico na ponta dos pés para estar ao nível dos olhos dele. — Bem, saiu pela culatra. Feliz agora?

Ele me puxa para mais perto até nossos narizes tocarem, e eu suspiro. — Eu pareço feliz? — Ele rosna.

Não, não parece. Mas ele também não parece tão zangado como deveria estar. Em um gesto de carinho, ele coloca a lâmina da espada na dobra do meu pescoço. Não sei exatamente o que ele pretende, mas, estranhamente, isso não me assusta.

— Você vai cortar minha garganta? — Eu o provoco.

— Não — Ele responde e até sorri um pouco. —

Mas se você incomodar meus homens novamente, serei forçado a trancá-la naquele camarote. — Com um breve aceno na direção de seu quarto, ele deixa claro seu argumento.

Eu me sinto corajosa e sorrio de volta, não um sorriso falso desta vez. — Justo.

— Estou feliz que nos entendemos. — Ele diminui o aperto do meu braço e embainha a espada.

Ao mesmo tempo, um homem numa cesta, no topo do mastro mais alto, grita: — Abaixe a escada! O bote está de volta!

Não tenho ideia do que é um bote, mas logo descubro que Smee e alguns outros piratas voltaram de uma viagem ao porto em um pequeno barco a remo. Eles o amarram ao navio e sobem a bordo. Smee carrega um maço de papéis enrolados compridos debaixo do braço. Deve ser algo que o capitão estava esperando, porque seu rosto se ilumina quando os vê.

— Eu trouxe os mapas que você queria, capitão — Exclama Jack Smee e dá um tapinha nos rolos de papel.

— Aqui dentro — Ordena Gancho e os dois homens entram em seus aposentos, fechando a porta atrás deles.

Mapas? Que mapas? Isso poderia ter alguma utilidade para mim também? Fico na ponta dos pés para ouvir o que eles estão falando pela porta.

— Estes são todos os mapas náuticos disponíveis das águas em torno da Terra do Nunca — Diz Smee. — Mas Bri'Shán disse para lhe falar que você não encontrará o que está procurando neles. Ela me deu isso.

Gancho ri. — O que você deu em troca por isso? Seu primogênito?

— Carne de esquilo — Smee resmunga. — Em todo maldito solstício pelos próximos cinco anos.

Eles estão falando em enigmas. Mas, então, eu posso ouvir papéis se desdobrando e depois ouço a voz de Gancho: — Um mapa estelar? A fada acha que vamos encontrar Londres nas estrelas?

Ele disse Londres? Isso é tudo o que preciso para desligar minha razáo e entrar na sala.

Gancho, que está de costas para mim, as máos apoiadas na mesa à sua frente, deixa a cabeça afundar entre seus ombros e suspira. — Percebo que uma nota e uma adaga na porta não podem mantê-la fora. Mas nem uma batida desta vez?

Como ele sabe que sou eu?

Enraizada no lugar, luto contra a minha surpresa, depois, cruzo os braços sobre o peito e discuto: — Você estava falando sobre Londres. Quero ouvir do que se trata. — Esperando ele se virar, rezo para que o humor dele ainda esteja do lado positivo.

Ele se endireita e enrola o mapa à sua frente. — Vamos dar uma olhada nisso mais tarde — Ele diz a Jack Smee, que assente e silenciosamente caminha até a porta. Quando Smee passa por mim, ele rapidamente levanta a sobrancelha e assobia por entre os dentes uma vez, como se estivesse morrendo de vontade de ficar e observar o que vai acontecer nesta sala em apenas um minuto. Somente após o som da porta se fechar,

Gancho se vira para mim, sua expressão mais sombria que uma tempestade.

Eu engulo.

Capítulo 12

James

ESTE É UM navio pirata, caramba! Essa garota não tem instinto de autopreservação, ou respeito pelo capitão?

Respiro fundo algumas vezes para controlar meu temperamento, em vez de punir Angel, pelo que nenhum homem neste mundo poderia me culpar.

— Você disse que ainda sou sua prisioneira — Resmunga Angel. Pelo menos agora ela parece perceber que deu um passo longe demais.

— Disse.

— E você se recusou a zarpar e me ajudar a chegar em casa.

Eu imito sua compostura fechada, mas com minha sobrancelha arqueada, eu a desafio. —Recusei? — Minha pergunta a silencia. Ela entorta seus doces lábios para um lado e estreita os olhos para mim. — Eu apenas me recusei a deixar você me espetar com minha própria adaga — Acrescento... e sorrio.

A curiosidade toma conta de seu rosto. — Então, você realmente pensou em procurar por Londres?

Considerar é a palavra certa. — Sim. — E estou ainda mais inclinado agora que sei que ela possui informações que eu poderia obter com a tática certa. Ameaçá-la de morte não funcionou. Chantageá-la com a perspectiva de prisão eterna neste navio apenas a encorajou a incitar minha tripulação ao motim. Negociar é algo que detesto fazer, mas é meu último recurso. A vontade dessa garota é como um forte intransponível.

Um forte que quase desmoronei a noite passada. E me senti péssimo naquele momento. Não é algo que acontece frequentemente na minha vida. Talvez porque normalmente não tenha que lidar com problemas do tipo dela. Talvez... seja hora de enviar esse anjinho para casa.

Angel inclina a cabeça levemente para me estudar pelo canto do olho. — Pensei que você pretendesse me manter neste navio para sempre? Ou, pelo menos, até encontrar o que procura?

— Mudei de ideia.

Considerando minhas palavras, Angel esfrega o lábio inferior entre o polegar e o indicador. Droga, eu poderia vê-la fazer isso por um dia inteiro. Como eu não percebi desde o início que garota bonita ela realmente é? O desejo autodestrutivo de caminhar e tocar sua pele macia novamente surge dentro de mim e rasteja até as pontas dos dedos. Inclino-me para trás e aperto a borda da mesa.

— E agora você está me ajudando por quê? — Ela pergunta.

— Para me livrar de você.

Vejo a surpresa em seus olhos. Ou pode ser que eu apenas machuquei seu orgulho. — Bem, Capitão, há uma maneira mais fácil de conseguir isso.

— Sério? — Eu a provoco.

— Você é um pirata. Você poderia me matar — ela retruca.

— Não seja ridícula. Não mato mulheres.

— Oh, com certeza. — Ela dá um passo corajoso em minha direção, levantando o queixo, o que sempre faz quando tenta tirar o melhor de mim. Tanta coisa que eu aprendi. — Posso lembrá-lo que você teria me deixado andar na prancha apenas para obter algumas informações?

— Sim, e nós sabemos o quão bem esse plano funcionou, certo? — Eu rio e abaixo meu olhar para o dela. Agora que ela está muito mais perto, posso até sentir o cheiro do meu sabão nela.

Colocando os punhos nos quadris, ela rebate com um tom de reprovação na voz: — Você ameaçou cortar minha garganta porque eu te chamei de *Jamie*.

E eu tinha boas razões para isso, pelo amor de Deus! Levanto-me e elimino o último distanciamento entre nós, usando seu tom de voz. — Porque você minou minha autoridade na frente da tripulação!

Alguém tinha que lhe ensinar boas maneiras.

— Maneiras? E isso da boca de um pirata! — Ela revira os olhos para mim. Merda, isso é sexy. — Também fazia parte da lição me deixar liderar o caminho através de um labirinto de armadilhas mortais?

— Eu tinha certeza de que você sabia onde elas estavam — Defendo-me igualmente alto contra ela gritando, cruzando os braços sobre o peito.

Angel se levanta na ponta dos pés para que seu rosto esteja quase no meu enquanto ela grita: — Eu. Caí. Dentro de uma!

— E eu. Com muito medo. Tirei você dela! Salvei sua vida, pelo amor de Deus! Isso não é nada para você?

— Ah, você deve estar brincando! Tentando me fazer sentir culpada por não estar agradecida, não? — A saia do vestido dela balança com sua raiva quando ela gira e entra no meu quarto. Eu a sigo, mas na porta ela se vira e grita: — Você é um homem tão *honrado*, Capitão Gancho! — Então, ela bate a porta na minha cara.

Mas. Que inferno. Foi aquilo?

Sou o capitão deste navio. Ninguém bate a porta na minha cara ou me tranca fora do meu quarto. Com um forte impulso, chuto a porta e ela bate na parede atrás com um estrondo alto. A fechadura está quebrada. Lascas de madeira se espalham pelo chão em direção aos pés descalços de Angel.

Ela gira, suas bochechas ruborizadas pela nossa discussão, os olhos bem abertos. Ela olha para mim como se eu tivesse acabado de oferecer cogumelos envenenados no jantar. — Por que você está danificando seu navio, Capitão? A porta não estava trancada!

Já tinha aberto a boca para responder, mas de repente me sinto um idiota. Parado na porta quebrada, viro-me para olhar o local e de volta para ela. Não estava trancada? Eu sou um tolo. E o que no mundo me fez perder a paciência desse jeito? Tudo o que eu queria era fazê-la ver que nunca pretendi realmente deixá-la morrer – na prancha ou em outro lugar. Mas essa garota irrita um certo nervo dentro de mim. — A culpa é sua.

Angel levanta as mãos para o lado. — Oh, por favor, me esclareça por que você está destruindo o navio e a minha culpa!

— Porque você simplesmente não quer entender!

— Entender o quê?

— Que eu estou... — Interrompendo a fala, cerro meus punhos ao lado do meu corpo. Isto é difícil. Pressiono meus lábios, segurando as palavras que estão se formando dentro de mim como uma represa prestes a romper. — Desculpe! — Eu finalmente falo e saio em disparada.

Com a porta não fornecendo mais barreira, até meus aposentos parecem inseguros. Não olhando para Angel, vou ao convés e encho meu pulmão de ar salgado.

Encontrando Smee na proa do navio, agarro seu braço e o conduzo para longe de Fin e Willie "Morte Negra". Ao lado do velho canhão no meio do navio, paro e o encaro.

— Você parece um pouco desnorteado — Smee me zomba. — Você e a moça tiveram uma boa conversa?

Não tenho tempo para essa merda. — Temos que movê-la.

Smee levanta as duas sobrancelhas.

— Para fora dos meus aposentos — Explico. — Ela é uma distração que não posso ter.

Smee solta uma risada gutural ao sinal de pânico na minha voz. — Mas como você vai ouvi-la quando ela dorme, se você não estiver ao lado?

Eu já pensei sobre isso no caminho até aqui. — Teremos um homem postado fora da cabine dela o tempo todo.

— E onde você quer colocá-la?

Boa pergunta. Na verdade, não pensei nisso. Todas as cabines a bordo estão ocupadas. Teremos que despejar um membro da tripulação. — Alguém tem que deixar o navio por um tempo. Quem dos homens ficou mais tempo sem sair do navio?

Deliberando por um momento, Smee mostra um sorriso *você-não-vai-gostar*. — Bem... seria eu.

Mandar meu melhor homem embora quando eu mais preciso dele não é uma opção. Ele pode sair quando tudo estiver resolvido – quando eu estiver de posse do meu tesouro novamente e quando enviarmos Angel em segurança para casa. Talvez. — Isso não, rapaz. Você fica e me ajuda. — Dou-lhe um olhar de advertência para que ele saiba que falo sério. — E quanto a B. B. Radley?

— O "Bafo"? Ele é o único que realmente está trabalhando neste navio. Se você precisar se desfazer de qualquer um dos homens, eu diria que envie Scablin "Sarnento". Ele não faz nada além de beber todo o rum a bordo e tirar uma soneca no porão.

Dou uma olhada nos decks e sem demora encontro o rato do porão com uma garrafa de rum meio vazia enfiada debaixo do braço. Ele dorme o dia inteiro andando de um canto ao outro. Acaricio a barba por fazer no meu queixo. — Você está certo. E como ele quase não dorme em seu camarote, provavelmente não fede como o resto. Vou lhe dar a notícia, você encontra lençóis novos neste navio esquecido por Deus e manda alguém preparar os aposentos do Sarnento para uma dama.

— Sim. — Smee assente e da maneira pirata costumeira berra ordens para os outros. Pelo menos ainda há alguma normalidade neste navio.

Já é difícil acordar o pirata bêbado com marcas de queimadura que tornam feia a maior parte do lado esquerdo do rosto e da garganta – algo que aconteceu antes de ele ter sido contratado como pirata no Jolly Roger. Uma vez que não preciso mais agarrá-lo pelos ombros para apoiá-lo e ele se concentra em mim, em vez de revirar os olhos de um lado para o outro, digo para ele tirar férias prolongadas em terra. O olhar em seu rosto é hilário. Como se alguém lhe desse um presente de aniversário pela primeira vez em sua vida. Não é algo que jamais acontecerá, acredito. Para qualquer um da tripulação.

Tudo solucionado e Sarnento já tendo partido para a costa no bote, subo os degraus da ponte e vejo Smee conduzindo Angel pelo convés principal para seus novos aposentos. Não sei o que os homens fizeram para converter o buraco de um pirata em algo que satisfizesse o gosto de uma moça, mas quando ela volta depois de uma breve inspeção, há um sorriso estampado no rosto.

Caramba, Smee colocou algumas belas margaridas num vaso? Quando ele olha na minha direção, eu assinto. Ele diz algo para Angel e depois vem na minha direção. Enquanto isso, pego os mapas do meu escritório e os espalho sobre uma mesa perto do timão.

— Não tem nada marcado em nenhum destes mapas que se pareça a meio caminho de outra ilha — Digo a Smee. — A Terra do Nunca parece ser a única ilha nessas águas.

— Mas já sabíamos disso, não? Quero dizer, desde que aconteceu aquela coisa com Peter Pan, nenhum outro navio foi visto, nenhuma terra descoberta. Por que mudaria agora, apenas porque outra criança perdida apareceu?

Eu levanto minha cabeça para olhar para Smee, mas realmente não o vejo agora. Em minha mente, a imagem de Angel em meu escritório aparece. — Ela não é apenas mais uma criança — Murmuro. — Primeiro, ela é mais velha que todas as outras que já vieram para cá. E, segundo, ela não ficou com Peter Pan.

— E daí?

Meus olhos focam. — Tudo está apontando para o

fato de que ela veio aqui acidentalmente. Então, se isso for possível, também deve ser possível enviá-la de volta.

— James?

Levanto as sobrancelhas, esperando.

— Você se importa com a moça.

— Não, não me importo. — Sou pirata. Posso mentir desse jeito e nenhuma desgraça virá sobre minha alma.

Smee contrai os lábios. Ele também é pirata e, claro, sabe quando o outro está mentindo. Eu não dou a mínima, e obviamente ele também não. — Bom. Então me diga por que estamos mais interessados em encontrar *Londres* do que em encontrar o tesouro?

— Angel é teimosa. Ela não vai nos contar nada, isso você deve ter percebido. Então, em vez de apenas esperar e rezar para que ela revele algo enquanto dorme, vou negociar com ela.

— Você acha que se encontrar o caminho certo para levá-la para casa, ela lhe dirá onde está o tesouro?

— Sim. Ela não acredita que eu a ajudarei *depois* que ela me disser. Dessa forma, posso convencê-la.

Ele fica pensando no meu plano. — Digamos que realmente nos afastemos da Terra do Nunca. Você acha que podemos voltar depois que a deixarmos?

Respiro fundo e tento parecer confiante. — Teremos que correr esse risco.

Jack aperta os lábios. Ele não gosta do meu plano. Só há uma maneira de convencê-lo. — Com medo? — Eu pergunto e sorrio. — O que você é? Uma princesa ou um pirata?

Revirando os olhos, ele bufa e sei que acabei de convencê-lo. Ele se debruça sobre a mesa, então, seu rosto está perto do meu. — Mas se ela *falar* em seus sonhos...

— ... Então não precisamos mais nos preocupar com Londres. — Sorrio. Assim como Jack.

Depois que Smee vai embora, estudo os mapas por mais algum tempo. Realmente não há nada neles. Mas o que a fada queria com uma carta celeste? Não é como se tivéssemos a capacidade de ir para *lá*.

Ainda assim, uma olhada não pode doer. O mapa está nos meus aposentos. Eu me viro e, assim que começo a me encaminhar em direção às escadas, quase esbarro em Angel.

— Pelo amor de Deus, moça, não posso dar um único passo neste navio hoje sem encontrar você atrás de mim? — Eu rosno e recuo.

Angel fica onde está. Suas mãos estão cruzadas atrás das costas e ela ainda traz o sorriso que vi nela à distância. Ela está balançando na ponta dos pés, como fez quando encurralou Brant "Barbudo" Skyler essa manhã. Eu tenho um mau pressentimento.

— A ponte é o domínio do capitão. O que você está fazendo aqui em cima? — Pergunto.

— Humm... — Ela morde o lábio inferior. — Eu queria dizer obrigada.

Isso é mesmo uma surpresa. — Pelo quê?

— Bem, por um quarto com uma porta funcionando, por exemplo. — Ela faz uma pausa e a luz do sol reflete em seus olhos castanhos enquanto eles se concentram nos meus. — E também por me tirar daquela armadilha na noite passada.

— De nada. — *De nada?* Filho de um Comedor de Biscoitos, o que aconteceu comigo?

Ela olha por cima do meu ombro. — Então, você está fazendo isso porque sente muito. — Não é uma pergunta, é uma afirmação calma.

— Em parte — Admito com relutância.

— Em parte... é... *bom.* — Parece que ela quer sorrir, mas sai mais como uma careta tímida. — Qual é o outro motivo?

Agora é o melhor momento para discutir isso com ela, então, inclino minha cabeça e digo: — Uma barganha.

— Comigo?

— Sim. Você disse que não confia em mim – o que eu entendo. Então, estou tentando lhe dar uma razão. — Quando Angel parece enraizada no lugar e nada sai da sua boca, ando em sua direção com passos lentos, sabendo que efeito isso terá sobre ela. E estou certo. Ela está recuando um passo para cada um dos meus. — Vou levá-la para casa e, quando estivermos lá, você me diz onde está meu tesouro.

Chegamos ao topo da escada e, segurando os corrimãos de ambos os lados, Angel começa a descer para trás, comigo ainda a seguindo, nossos olhares presos o tempo todo.

— Concorda? — Eu exijo. Ela lança um sorriso para mim que se estende de uma orelha à outra. Parece que temos um acordo. Seguro os corrimãos do jeito que ela está segurando. Ela dá um passo para baixo; eu a sigo. — Quero que você entenda, no entanto, que só vou deixar você sair deste navio depois que você me disser.

Ela assente. — Você começará a jornada hoje?

— Não.

Sua parada abrupta nas escadas me pega de surpresa e, sem querer, deslizo minhas mãos sobre as dela nos corrimãos. Elas estão quentes, mas não tão quentes quanto as minhas. E são frágeis, assim como o resto dela. Ela treme um pouco quando envolvo meus dedos com os dela e tiro as mãos do corrimão. Não sei por que, mas isso me faz querer puxá-la para mim. Em vez disso, uno nossas mãos entre nós e a faço recuar mais até ficarmos no convés. — Vamos velejar amanhã ao amanhecer.

— Ao amanhecer... — Suas feições ficam tristes ao sussurrar as palavras.

Acho que a perdi. Certamente, ela deseja muito ir para casa, e já passou por muitas coisas. Mais algumas horas não devem derrotá-la assim. Num instinto estranho, eu seguro seu queixo e o levanto para encontrar seu olhar novamente. — Por que você acha que é tarde demais para você?

Angel hesita um longo momento. Demasiado. É óbvio que ela está tentando me deixar de fora. A culpa é minha e deve ficar tudo bem. Mas isso me incomoda. Muito. — Humm? — Forço uma resposta.

— Porque... — Ela suspira e se afasta de mim, girando na direção do horizonte. — Porque talvez eu não saiba mais quem sou amanhã.

Não sei como deve ser esquecer os fatos básicos da sua vida. Mas o olhar que ela me deu logo antes de se virar esfaqueou uma parte de mim que a maioria das pessoas provavelmente chama de compaixão. Em termos de pirata, também é conhecido como o pequeno espaço dentro de um homem responsável pelo pior tipo de problema. Se você não o tem sob controle, fica fraco. E estou prestes a dar o controle dessa parte de mim a uma jovem estranha. Devo ter dado um golpe forte demais na minha cabeça na noite passada.

— Smee! — Grito por cima do ombro.

— Sim?

— Peça à tripulação que suba a âncora. Estamos zarpando.

Angel gira para mim, firmando-se no parapeito do navio atrás dela com as duas mãos. Sua onda de surpresa e excitação é quase tangível. — Estamos partindo?

Com os lábios comprimidos, dou um aceno relutante.

— Eu realmente te julguei mal, Capitão. — Seu sorriso honesto é emocionante. No parapeito, suas mãos se apertam. Tenho a sensação de que não seria preciso muito mais para ela lançar os braços alegremente em volta do meu pescoço. O que eu fiz de errado que a impediu de continuar com isso? — Só espero que você não esteja me enganando de novo — Acrescenta ela com uma voz mais calma.

Como eu tive o prazer de descobrir mais cedo esta

manhã, o sorriso dela tende a me infectar como uma varíola. Esta é uma batalha que não vencerei; meus lábios se curvam e eu levanto uma das mãos. — Vamos levá-la para casa, Angel. Dou-lhe minha palavra de pirata. — Com isso, eu deveria estar a salvo.

Suas mãos deslizam para fora da grade. Ela dá um passo tímido para a frente. Quase lá. Eu já posso sentir o calor do seu corpo. Levanta os dedos. Ela vai me tocar em um segundo, e me choca o quanto eu o antecipo. Mas, então, ela se retira sem aviso e pergunta em um tom mais suave: — Se importa de me dar sua palavra como apenas *Jamie*?

Sagaz de sua parte. Embora eu sinta meus ombros afundarem porque ela aumentou a distância entre nós, eu rio. Então, levanto minha mão novamente e prometo: — Você tem minha palavra como *apenas Jamie*. — Atrás das minhas costas, cruzo os dedos da minha outra mão, apenas por precaução.

Capítulo 13

Angelina

O SOL DESCE no horizonte. Navegamos direto em sua direção por horas e horas. Ainda não há terra à vista. Não me afastei do parapeito nem por um minuto. A agitação ao meu redor no convés cessou. Vários marinheiros se retiraram para seus alojamentos e alguns foram para outras partes para terminar o dia com rum. Estou quase sozinha aqui. Mas não exatamente.

Sinto seu olhar em mim. Embora Gancho não tenha falado comigo depois que o Jolly Roger partiu para Londres, ele ficou me observando a maior parte do dia. Acho que foi por ordem dele que o esbelto e alto Batata Ralph me trouxe um sanduíche e uma maçã para o jantar.

No início de nossa jornada, fiquei correndo nervosamente para cima e para baixo no longo deck do navio. Eu tinha certeza de que assim que começássemos a *tentar*, encontraríamos Londres logo. Agora, quando o dia fica mais escuro e a noite se aproxima, afugentando o calor, sento-me sobre uma pilha de caixas de madeira, abraço os joelhos no peito e olho para longe.

Não quero desistir e dormir. Mas sei que em apenas algumas horas estarei tão cansada que meus olhos se fecharão. E quando isso acontecer, mais momentos do meu passado desaparecerão. Sinto falta dos abraços amorosos de Paulina e da varinha mágica da vespinha na minha cara a cada dois minutos. Sorrio com a lembrança porque é a única coisa que posso fazer para não começar a chorar.

Distanciando-me do mundo por um segundo, descanso a bochecha nos joelhos. *Vou encontrar meu lar.* Quando abro os olhos novamente, encontro o olhar de James Hook no castelo da popa, onde está ao timão. Uma longa capa preta está em seus ombros e ele usa um chapéu de penas. Acho que esse é novo. Parece mais limpo que o outro.

Ele é o único aqui fora comigo. Estaria com medo de que eu dê um pulo louco no mar para escapar dele? Suas feições são suaves à luz fraca. Não, não é por isso que ele está lá em cima. Ele cuida de mim... porque ele se importa.

Acho que às vezes ele não acredita que pode ser mais do que apenas um pirata. O modo como dizer uma palavra simples como *desculpe* o incomodou esta manhã, me prova que estou certa. Há mais sob a crueldade dele. Ele tenta esconder. Mas, às vezes, aparece como um flash. E isso me choca tanto quanto parece chocá-lo. Isso o torna adorável, transformando o cruel *Capitão Gancho* em apenas *Jamie*. Acho que gosto de *Jamie*. Se isso é uma coisa inteligente a fazer, teremos que esperar para ver.

Desvio o olhar e coloco meu queixo nos joelhos. A noite pressiona meus ombros. Existem algumas estrelas no céu agora, em vez do sol. Uma delas brilha mais que todas as outras. Fecho os olhos e faço um pedido.

Passos lentos chamam minha atenção, mas não levanto os olhos. Já sei quem é. Os passos param ao meu lado. Depois de um longo momento, ouço o farfalhar do tecido e algo está sendo jogado sobre meus ombros. Cheira a tangerina. — Obrigada — Digo em voz baixa, sabendo que ele acabou de me dar sua capa.

Ouço seus passos novamente e acho que ele está me deixando em paz, mas quando olho para cima, ele está segurando a rede que desce do mastro acima de nós e se ergue no parapeito. A pena em seu chapéu está soprando ao vento, as ondas batendo contra a proa do navio é o único som.

— Posso perguntar uma coisa? — Ele diz depois de um longo tempo apenas olhando para mim.

— Humm.

— O que te espera em Londres?

O fato de ele querer falar comigo sobre minha casa me faz torcer a boca. — Família — Digo. — Um lar acolhedor. Escola.

Ele assente, parecendo entender o que essas coisas significam para mim. Cheia de saudade, abaixo minhas pernas da caixa em que estou sentada para enfiar a mão no bolso. De dentro dele, puxo o cartão de viagem. Está amassado nos cantos. Alisando-o, olho por um longo tempo.

Gancho se inclina para a frente e pega o cartão das minhas mãos.

— Ei — Protesto. — Você pediu antes de pegar?

— Sou um pirata. — Ele me dá um olhar bem alegre debaixo do chapéu. — Roubo coisas. Me sinto mal quando peço por elas.

Eu rio. — Pena que você não pode roubar as informações que deseja de mim. Deve deixá-lo louco.

— E como — Responde ele sério, mas seus olhos permanecem calorosos e amigáveis. Então, ele examina meu cartão mais de perto. — O que é isso?

— É uma passagem para transporte. Com isso, eu posso viajar da minha casa para a minha escola, em Londres. — Suspiro. — É a única coisa que me resta que me lembra minha casa.

Depois de algum tempo, Gancho me devolve o cartão e o coloco no bolso. — Como é? A cidade — Ele quer saber, e parece um pouco entusiasmado agora. Gostaria de saber se ele está tentando melhorar meu humor. Se estiver, está funcionando.

— Oh, você adoraria — Digo. — É cheia de emoção. É como a Rua Principal no porto, mas muito, muito maior. Casas maiores, ruas maiores. Para ir de um extremo ao outro, as pessoas dirigem carros ou andam de ônibus.

— Carros?

— Sim. É uma espécie de transporte. Como uma carroça, só que sem o cavalo. Eles são tão rápidos que você pode ir do norte ao sul da Terra do Nunca em menos de uma hora. — Faço uma pausa. — Você sabe o que é uma carroça, não?

Gancho ri e assente. — Com certeza, mas eu prefiro bem mais *ela*. — Ele dá um tapinha no parapeito de Jolly Roger. — Seus carros parecem extraordinários.

— Essas não são as únicas coisas legais que temos. Existem aviões – carroças voadoras. E nós temos computadores. São máquinas que escrevem para você e fazem outras coisas. Você pode enviar uma carta para outra pessoa a dez mil quilômetros de distância, e ela receberá apenas um segundo depois. Você também pode conversar com essa pessoa através de uma coisinha que chamamos de telefone. — Eu rio com o pensamento dele tentando descobrir como funcionaria. — E nós temos caixas onde você pode assistir as pessoas encenando histórias. Nós chamamos isso de televisão. É como se você tivesse todas aquelas pessoas minúsculas lá dentro e apenas observa o que elas fazem o dia todo. — Meus olhos devem estar brilhando em êxtase agora. — Você ficaria surpreso.

Gancho me estuda em silêncio por meio minuto, depois, diz com uma voz cheia de compreensão: — Parece um mundo fascinante... Angelina McFarland.

Algo vibra dentro do meu peito e eu me ajeito no assento. — O que você acabou de dizer?

— Acho que esse é o seu nome, não?

— Eu... — Minha respiração fica mais rápida e torço minha mão para encarar a palavra *Angel* desbotada no meu antebraço. Era a forma curta para... *Com mil palavras...* Paulina e Brittany costumavam me chamar assim o tempo todo. — Sim. — Olho para Gancho, que solta a rede e desliza para baixo da grade. — Como você sabe?

Ele se abaixa ao meu lado na caixa de madeira. Por um instante, passa os dedos sobre a minha bochecha e sorri. — Você fala enquanto dorme.

Eu nem quero saber como ele *descobriu*. E acho que não gosto muito quando ele me toca. Suas mãos são calejadas, mas seu toque é sempre gentil – quando ele decide ser Jamie e não o capitão pirata.

— Você me ouviu dizer mais alguma coisa? — Pergunto, esperando aprender mais sobre o que eu já esqueci.

Gancho assente e um lado da boca se levanta. Seus olhos brilham mais sexies. — Você me chamou de pirata do mal.

— Sim, bem, você era! *É.* — Faço uma pausa para respirar. — Você pode ser. Às vezes.

Ele ri da minha gagueira. Então, ele franze os lábios e examina minhas feições por um momento. — E agora?

— Agora... você está diferente. — Abraço meus joelhos com mais força. — Se não fosse pelo seu chapéu que sempre faz você parecer um pouco perigoso, eu o consideraria um cara normal e legal de verdade.

— Ah, o chapéu. — Ele levanta o queixo e me

zomba com um olhar penetrante. E, então, ele me surpreende com a coisa mais estranha que poderia fazer. Ele tira o chapéu e coloca na minha cabeça. — Talvez pareça menos perigoso para você.

A aba grande bloqueia minha visão. Eu levanto um pouco e vejo *Jamie* sorrindo para mim. Ele passa a mão pelos cabelos achatados e despenteados. Isso o faz parecer muito mais jovem. Mais doce. Quase posso imaginá-lo sendo um cara da minha escola. Alguém que eu encontraria num dia comum. Alguém que chamou minha atenção em um instante. Alguém que poderia me convidar para sair, se as coisas fossem diferentes.

E eu diria sim.

Ficamos nos encarando por um bom tempo, parece que o navio, o mar, a noite, apenas tudo desaparece, sem importância. O ar ao meu redor esquenta. Ou é apenas a capa que me aquece e começo a imaginar coisas. Mas quem não ficaria quando olhada por um capitão pirata desse jeito?

— Posso *te* perguntar uma coisa agora? — Digo depois de um tempo para quebrar o silêncio entre nós.

— Não, você não vai pegar sarna por usar meu chapéu.

Isso me faz rir alto e o som ecoa ao nosso redor na noite silenciosa. — Não achei que pegaria. Mas não era isso que queria perguntar.

Ele sorri. — Pergunte então.

— Peter e os Garotos Perdidos me falaram algumas coisas estranhas sobre você.

— Que eu era um homem feio, mau e assustador.

— Ele pisca para mim enquanto me faz engolir minhas próprias palavras.

Minhas bochechas esquentam desconfortavelmente. — Sim, isso e outra coisa. Eles me falaram sobre um gancho no seu braço direito. Primeiro, pensei que você tivesse perdido a mão numa luta e a substituído por um gancho. Obviamente eles estavam errados.

— Hm... não exatamente. — Jamie pisca lentamente. Depois de alguma hesitação, ele abre o botão de punho da camisa branca e dobra a manga até o ombro dele ficar nu. Chegando mais perto, ele me deixa dar uma olhada em seu braço.

Nossa, tem um gancho. Ela vai da parte de cima do ombro até o meio do bíceps. Uma corrente de prata está enrolada pelo anel do gancho em volta do braço duas vezes. — Uma tatuagem — Sussurro com reverência e afago o desenho fascinante com as pontas dos dedos. A pele de Jamie se arrepia. Eu rapidamente olho para o rosto dele, mas ele parece estar bem comigo tocando nele, então, abaixo o olhar e exploro o resto. Abaixo da tatuagem do gancho, o Jolly Roger balança com velas abaixadas em um mar calmo. Tudo está em tons de azul e cinza do luar. É lindo. — Quem desenhou isso?

— Depois que "Olho Vermelho" Johnson havia tatuado todos os membros da equipe, determinei que ele tinha experiência suficiente, então, o deixei tatuar isso em mim.

— Você estava certo sobre a minha tatuagem. Realmente há uma diferença marcante.

— Aham. — Jamie solta a manga e desliza de volta para o cotovelo. Ele pega minha mão e passa o polegar suavemente sobre o adesivo na minha pele. — A sua está desaparecendo. A minha é para sempre.

Começo a tremer um pouco sob sua carícia e sei que ele percebe, mas não solta minha mão. Apenas levanta o olhar para o meu e me captura no feitiço de seus olhos azuis. — Acho que uma tatuagem de caveira e ossos cruzados também ficaria bem em sua pele. Isso faria de você uma pirata de verdade. — Ele parece sedutor. E perigoso. A única combinação adequada para um homem como ele.

— Uma tatuagem na minha pele? Onde você colocaria? — Respiro, sentindo uma arriscada onda de imprudência.

Ele sorri e levanta meu braço, com a parte interna perto dos seus lábios. — Um bom lugar seria aqui. — Com nossos olhares ainda bloqueados, ele dá um beijo casto no meu pulso.

Um arrepio percorre meu corpo. O homem que me sequestrou em seu navio, o mesmo que quase me matou na selva na noite passada, agora, está rompendo suavemente minhas linhas de reserva.

Num piscar de olhos sedutoramente lento, ele baixa o olhar para o meu antebraço na frente dele e beija o ponto sensível logo abaixo do meu cotovelo. — Ou aqui... — Ele diz e olha para mim.

Meu coração dança sapateado. Não consigo me mover, não consigo puxar meu braço. Não posso fazer nada além de sentir a carícia dele... e aproveitar.

Quando Jamie não se move por um momento incomensurável, acho que terminou. Mas eu deveria saber. Ele estava apenas avaliando minha reação. Inclinando-se para mais perto, ele se aproxima e desliza cuidadosamente as pontas dos dedos sob o colarinho da capa, arrastando-a lentamente alguns centímetros para o lado. — Vi mulheres com tatuagens legais aqui também — Ele murmura contra minha pele. Seu próximo beijo vai para a curva nua do meu pescoço.

Minhas mãos começam a suar. Aperto a costura da capa com força para impedi-las de tremer.

Jamie move a gola de volta no lugar e tira o chapéu de mim, enquanto passa os lábios pela minha garganta numa carícia quase imperceptível. Ele para logo atrás da minha orelha. Sinto o toque de sua boca naquele ponto sensível a cada palavra que ele sussurra. — Poderíamos fazer um ganchinho bonitinho neste lugar.

Sei que minha respiração está muito rápida quando nossas bochechas se tocam. Sua barba resvala um pouco na minha pele. Tudo o que sinto é cheiro de tangerina. Eu derreto.

Aproximando-se de mim num abraço, ele estende os dedos da outra mão na minha bochecha e cabelo. Gentilmente, inclina meu rosto um pouco mais e desliza a ponta do nariz pela minha bochecha até ficarmos olho no olho. Mal posso respirar neste momento. Ele parece cruel; parece carinhoso. Parece que ele sabe exatamente o que quer agora. Mas está esperando. E acho que sei exatamente o porquê.

Ele está me pedindo o beijo.

Sendo um verdadeiro pirata, poderia ter roubado um. Mas hoje à noite *Jamie* está comigo e, por mais ruim que possa ser pedir algo, ele me dá uma escolha.

Minha resposta à sua pergunta não feita é um sorriso tímido.

Ele sorri também com a nossa compreensão silenciosa e, depois, fecha os últimos três centímetros de distância entre nós. Eu fecho meus olhos.

Quando toca seus lábios suavemente nos meus, calafrios quentes e frios se revezam na minha espinha. Relutantemente, solto a capa ainda entre os meus dedos e estendo a mão para colocá-la sobre o coração dele. Está batendo tão forte quanto o meu.

Ele beija meu lábio superior, depois, o inferior, e na terceira vez, coloca um pouco mais de pressão para me fazer abrir a boca e convidá-lo a entrar. Seus dedos se movem mais profundamente no meu cabelo, me segurando. Um toque cauteloso de sua língua na minha, depois outra. Ele começa a acariciá-la num deslize lento e espiralado.

Sinto como se estivesse caindo do céu novamente. Empurro as mãos sobre o peito até a nuca e me agarro a ele, como se ele fosse minha tábua de salvação. Compartilhamos o mesmo fôlego e é incrível. Emocionante. Sei quem ele é, mas ele me beija tão gentilmente como se nunca tivesse passado um dia de sua vida como pirata. Parece que esta noite pertence somente a nós.

— Capitão?

O choque bate em mim e, num instante, nos

separamos com a chamada de Jack Smee por trás da pilha de caixas. — James!

Assustada, sento-me. Mas Jamie apenas me dá um sorriso frouxo e coloca seu chapéu na minha cabeça novamente. Ele se recosta na grande caixa de madeira atrás de nós, com os pés pendurados no que estamos sentados e passa os dedos sobre a barriga. — Estou aqui — Ele diz alto o suficiente para Smee ouvir.

O barulho dos saltos das botas se aproxima. — Vi o leme desocupado e pensei: *Que Diabos!* — Jack Smee parece ter sido atingido por uma bala de canhão enquanto eu inclino minha cabeça para ele. Seu foco está em mim como se ele tivesse me confundido com o capitão. Compreensível, comigo usando o chapéu e a capa de Jamie.

Totalmente desconfortável agora, me viro para Jamie. Ele me tranquiliza com sua expressão relaxada. Nem um pouco preocupado em ser pego, olha para Smee. — O que você acha?

— Ugh... — Smee passa a mão pelo cabelo desgrenhado. — Pensei que talvez você quisesse que eu assumisse o comando.

— Está tudo certo. Eu travei antes de vir aqui.

Nada desestabiliza Jamie. Ele está calmo com a situação, enquanto eu estou muito nervosa e instável. Gostaria que Smee tivesse escolhido um momento diferente para vir aqui. Daqui a algumas horas.

— Você pode ir ficar com os outros. Estarei na ponte logo — Jamie informa Jack, que murmura um sim em resposta. Quando ele se vai, todo o foco de

Jamie está em mim novamente. Ele estende a mão e passa o polegar na minha bochecha. — Tenho que voltar ao timão, você sabe.

Incapaz de manter a decepção longe do meu rosto, assinto, odiando como ele leva o calor com ele quando sua mão se afasta de mim. Eu o sigo com o meu olhar enquanto ele se levanta. Ele apenas dá um passo para longe de mim, e já me sinto sozinha no amplo convés deserto. De repente, ele se vira novamente e estende a mão. Acho que ele quer pegar seu chapéu e sua capa, mas ele sorri para mim e diz: — Gostaria de subir?

Capítulo 14

James

NÃO ACREDITO que estou pedindo para Angel vir comigo para o castelo de popa. Mas aconteceu muita coisa hoje que eu mal consigo entender. Beijá-la está no topo dessa lista.

Angel me encara com grandes olhos misteriosos. *Ela vem ou não?* Dar opções às pessoas é novo para mim e me deixa desconfortável. Na verdade, começo a me sentir um idiota porque ela não está se mexendo nem um centímetro. Lentamente, meu braço abaixa, mas só então ela estende e coloca sua mão delicada na minha.

Eu quero rosnar: *'Por que diabos você demorou tanto?'* Mas, em vez disso, me pego fazendo o que mais fiz hoje quando estou perto dela. Sorrio.

Ela se levanta e me deixa levá-la para as escadas estreitas. A capa mal alcança minhas botas quando a uso, mas agora ela varre as tábuas do chão, pendurada nos ombros de Angel. Eu a deixei subir primeiro e a pena do meu chapéu faz cócegas no meu rosto enquanto fecho o botão de punho da minha manga direita. Uma risada me escapa.

— O que é tão engraçado? — Angel pergunta, olhando por cima do ombro.

Luto para manter minhas feições normais. — Você é uma excelente pirata, Angelina McFarland.

— Pirata? Só se eu puder ser a capitã. — Ela me faz uma careta e sobe correndo os últimos degraus.

— Você quer ser capitã do navio? Tudo bem para mim. — Alcançando as mãos dela, o que obviamente a surpreende, destranco o timão e envolvo seus dedos nas alças, prendendo os meus sobre os dela.

Prendê-la entre meus braços não foi uma ideia inteligente, porque agora tenho essa garota pressionada na minha frente e tudo que consigo pensar é em beijar seu delicioso pescoço.

— Eu não consigo ver — Ela murmura e ri. O chapéu cobre seu rosto e, como suas mãos estão presas sob as minhas, ela não pode retirá-lo. Tiro-o e coloco de volta em seu devido lugar. Pelo menos, usar o chapéu traz de volta uma sensação de normalidade. Abandonar o pirata em mim é exaustivo, na melhor das hipóteses. Mas, curiosamente, por Angel eu tento.

Angel move o timão um pouco e a deixo para que ela possa senti-lo. — Como você sabe que ainda está no caminho certo, quando ao nosso redor há apenas água? — Ela pergunta — Horizonte por todos os lados.

— Partimos para o leste a partir da Terra do Nunca. — Explico a ela como usar a bússola no balcão ao lado do leme e ela é toda ouvidos. Nunca pensei que ela estaria interessada em como guiar um navio. Descobrir que ela realmente se interessa me dá uma sensação de euforia. Sonhar em mantê-la a bordo por mais algum tempo é fácil demais. — Você sempre fica de olho nesta agulha — Bato no vidro da bússola — e verifica se ela permanece apontada para o norte verdadeiro.

— Entendo. Então, o que acontece quando eu faço isso? — Ela gira o timão num círculo rápido e o navio inclina-se para o porto, me pegando de surpresa – e certamente o resto da tripulação também.

— Ferra comigo, *moça*! Você não pode fazer isso! — Caindo de lado, seguro o timão e o corrimão atrás dela para me equilibrar e me firmar pouco antes de cair por cima dela.

Enquanto ela gira o timão na direção oposta e o navio tomba novamente, Angel treme de rir. — Por que não? — Ela está realmente se divertindo fazendo isso.

A capa desliza de seus ombros e cai como uma poça de tecido preto nas tábuas do chão, descalça, tirando o último pedaço de pirataria dela e transformando-a de volta na linda garota que era quando a conheci. O som de sua risada sincera enche meu peito com um calor estranho que quero manter lá a todo custo. A última vez que senti foi há dez minutos, quando a beijei. Antes disso... nunca. De pé atrás dela novamente, coloco minhas mãos sobre as dela e trago o Jolly Roger de volta ao seu curso original. — Agora, segure com firmeza — Digo em seu ouvido.

— Sim, sim, Capitão. — Ela zomba de mim com um sorriso por cima do ombro. O que ela obviamente não considerou como isso aproxima seu rosto do meu. É preciso apenas um piscar de olhos e eu a capturo com o meu olhar. Ela não se afasta. Seus lábios se separam de leve, ela respira um pouco mais rápido.

Eu sei que é uma má ideia, mas não consigo resistir. Deslizando lentamente as mãos pelos braços dela até os ombros e depois descendo pelas laterais, quero senti-la, abraçá-la e explorar cada pedacinho dela. Mas, acima de tudo, quero beijá-la novamente. Então, com um leve empurrão em seus quadris, eu a faço se virar para mim.

Seus olhos parecem tímidos e ela coloca as mãos no meu peito. Não sei se essa é uma reação natural para me manter à distância. Quando seus dedos deslizam na minha camisa e ela aperta o tecido, percebo que ela não quer me afastar, afinal.

Enfio minhas mãos em seus cabelos, afastando os fios de seu rosto e afago meus polegares sobre suas maçãs do rosto. Mergulhando lentamente minha cabeça para que minha testa toque a dela, respiro fundo pelo nariz, tentando sentir seu cheiro de canela novamente. Mas há apenas uma nota familiar de tangerinas. Nunca pensei que seria tão inebriante saber que o mesmo perfume está em nós dois agora.

Passos vêm apressadamente em nossa direção. Sem

olhar, sei quem é e por quê. A manobra ousada de Angel no timão preocupou meu imediato. Sem soltar a garota na minha frente, digo alto o suficiente para minha voz passar pelo convés vazio: — Está tudo bem. Vá embora, Smee.

O riso dele chega até nós, mas graças a Deus o mesmo acontece com os passos em retirada.

— Isso não foi legal da sua parte — Angel respira nos meus lábios.

Que diabos... — Não vou deixá-lo interromper isso de novo. — E, então, eu inclino minha cabeça e tomo sua boca da maneira que eu queria fazer desde que ela levou a adaga à minha garganta esta manhã.

Não a seduzo em rendição com beijos suaves, mas exijo entrada desde o primeiro instante. Angel solta um gemido suave que eu pego com a boca. É o som mais emocionante que eu conheço e arrepia os pelos da nuca.

Nossas línguas deslizam uma contra a outra, macias e doces, como dois pássaros dançando no céu. Aproximo-me de Angel, prendendo-a entre o timão e meu corpo. É nisso que meu lado pirata se sente melhor. Ela não pode escapar de mim e me deleito em possuí-la. Como um tesouro a manter.

Mas num sussurro sutil do fundo da minha mente, surge a doce lembrança de Angel querendo estar comigo. A sensação de não forçá-la, mas conseguir tudo isso era inebriante. Eu quero reviver isso. Então, coloco minhas mãos em torno de seu corpo macio e a faço se virar comigo. Minhas costas estão agora contra o timão, minhas pernas firmemente separadas e Angel fica entre elas. Estou brincando com fogo – ela pode me beijar agora ou pode se afastar de mim. A decisão é dela.

Após uma batida do coração, ela apenas olha nos meus olhos. Ela sabe exatamente por que eu fiz isso. Observar a conscientização emergir em seus olhos é emocionante. Como um jogo de pôquer no qual você aposta tudo sem saber o que há nas cartas do seu oponente até o final.

Quando é a vez de Angel mostrar sua mão, ela se ergue nas pontas dos pés e esfrega a ponta do nariz contra o meu. Um sorriso atrevido espalha seus lábios.

— Deve ser difícil para um capitão pirata desistir de estar no controle.

— Você realmente não achou que eu deixaria você fugir, achou? — Eu a provoco, envolvendo meus braços com mais força. De repente, as palavras assumem um significado mais profundo em minha mente. Chegará um momento em que eu terei que deixá-la ir. Se essa jornada for bem-sucedida, mais cedo ou mais tarde. A questão é: serei pirata o suficiente para ignorar o que ela quer e roubá-la de volta? Ou *apenas Jamie* manterá sua promessa?

Não quero pensar nisso agora, mas é tarde demais. Angel percebe meu olhar preocupado. — O que houve? — Ela diz em sua voz suave.

— Nada. — Afasto minha carranca e sorrio. A noite é linda demais para desperdiçar um único minuto. Angel está em meus braços e eu quero saboreá-la por enquanto. Curvo minha cabeça para a frente para beijá-la novamente.

Desta vez, Angel ouve primeiro e fica rígida. — Alguém está vindo.

Imitando-a, escuto a noite. Ela está certa. Um conjunto de passos se aproxima.

— Você acha que é Smee de novo? — Ela sussurra.

Balanço a cabeça. Com o tempo, aprendi a distinguir meus homens pelo som de suas botas na madeira. — Fin e Barbudo.

E para provar que estou certo, Barbudo grita: — Capitão. Você ainda está no convés?

Respiro fundo para responder, mas Angel me assusta e bate a mão na minha boca, me empurrando com alguma força feminina para longe do timão e atrás do depósito na ponte. — Não! O capitão foi para os seus aposentos — Grita ela por cima do ombro. Então, ela olha para mim com seus olhos brilhantes e sussurra rapidamente: — Tem outro caminho para sair da ponte?

Como ela não tirou a mão da minha boca, concordo com a cabeça, começando a apreciar sua ousadia. — O capitão disse que você pode assumir o timão agora — Ela diz aos meus homens e gesticula para eu sair.

Não posso deixar de sorrir para ela antes de pegar sua mão, me curvar para pegar minha capa do chão e puxá-la comigo. Nós andamos mais ao longo dos trilhos do castelo de popa para os fundos, onde uma escada desce estibordo até o camarote. À medida que os homens sobem na frente, saímos pela parte de trás e nos esgueiramos pelo canto para a frente novamente. Não sei exatamente para onde Angel está indo, mas quando passamos por meus aposentos, abro a porta e a arrasto para dentro.

— Por que viemos aqui? — Ela sibila.

— Você disse que eu fui para meus aposentos. É o que estou fazendo. — Fecho a porta atrás de nós e me inclino contra ela, observando-a caminhar até a janela ao luar. Está muito escuro aqui dentro. Quero vê-la novamente, então, jogo minha capa e chapéu na cama e acendo a vela na pequena mesa à parede. A chama quente faz nossas sombras dançarem nas paredes.

Quando Angel se vira, noto o ceticismo nas suas feições. — A última vez que estive aqui, você destruiu a porta.

— Se bem me lembro, você veio atrás de mim primeiro com uma adaga.

Ela começa a sorrir e me pergunto se também acha que tudo parece muito tempo atrás. Não é como se tivesse acontecido apenas essa manhã. O relógio marca onze. Ela deve estar cansada, mas ainda não estou pronto para deixá-la ir dormir. Eu a quero para mim só mais um pouco. Talvez uma hora, digo a mim mesmo. Então, eu ficaria feliz. Mas, ao mesmo tempo, tenho a sensação de que uma hora não seria nem uma fração do que eu gostaria que fosse. Hoje descobri que não me canso do sorriso dela e da sua voz doce.

Sentado na beira da cama, pego a mão dela e a puxo para mim. — O que você gostaria de fazer?

Ela não me solta, mas seu aperto não é tão forte quanto antes. — Eu adoraria ficar de pé junto à janela e esperar que qualquer terra apareça na frente do navio. — Um suspiro profundo a escapa. — Mas isso só me leva a dormir e não posso nem cochilar.

— Porque você tem medo de esquecer mais da sua vida.

— Aham.

— Por que você não escreve todas essas coisas?

— Eu pensei nisso também. — Seus dedos deslizam para longe dos meus. — Mas tenho medo de que essas anotações também não façam sentido para mim. — Ela passa por mim e sobe na minha cama. Eu a sigo com o meu olhar. Afofando o travesseiro atrás dela, ela se inclina contra ele com as pernas puxadas para o peito. — Você se importaria de me ajudar a ficar acordada por mais um tempo?

Oh, nem um pouco. Eu me viro e deixo um sorriso escapar.

— Diga-me algo sobre você — Ela acrescenta e, com isso, atropela minhas esperanças de ganhar outro beijo. — Qualquer coisa para me impedir de adormecer.

Ela parece tão abandonada na minha cama. Desamparada, mas cheia de esperança. Sua confiança em mim me faz pensar e fazer coisas estranhas, então, me levanto, pego a mão dela e a puxo para frente para me espremer atrás dela com minhas pernas abertas ao seu redor. — Eu tenho uma ideia melhor — Falo no seu ouvido e a faço recostar-se no meu peito. — Por que você não me conta tudo o que tem medo de esquecer? Dessa forma, se você realmente esquecer, eu serei como sua memória e posso falar sobre isso novamente.

Angel inclina a cabeça para olhar para mim, seus olhos arregalados de admiração. — Mesmo?

— Claro. — Entrelaço meus dedos na barriga dela e ela coloca as mãos em cima das minhas. Uma coisa tão simples e ainda assim me aquece como uma fogueira à noite. Ela me deixa beijar sua sobrancelha, aninha a cabeça sob o meu queixo e começa a contar.

Depois de algum tempo, sinto que sei tudo sobre esta garota. Como ela cresceu, o que ela gosta de comer e vestir – principalmente, pelo que tirei de sua história – como as crianças de sua idade vão às escolas e fazem testes. E, é claro, tudo sobre sua casa e sua família. Ou a parte de sua família que ela ainda se lembra. Brittany e Paulina. Ela as descreveu com tantos detalhes que sinto que as carreguei enquanto bebês.

Quando a voz dela deixa de murmurar com intervalos mais longos, sei que ela está prestes a adormecer. São duas horas da manhã. Não acho que ela consiga ficar acordada por muito mais tempo, por mais que tente. Então, em vez de levá-la a me contar mais, como eu fiz toda vez que sua voz ficou mais baixa na última meia hora, permaneço em silêncio agora e apenas acaricio o lado de seu rosto até que sua respiração se torne lenta e uniforme.

Por meia hora, olho para o relógio na parede e observo o ponteiro dos minutos se mover muito lentamente. Se eu adormecer agora e Angel começar a falar novamente, revelando o esconderijo do tesouro, posso perder. Mas é provável que ela tenha falado tanto esta noite que nada aconteça durante o resto da noite.

Angel estremece um pouco em meus braços. Como estamos sentados no cobertor, não há nada para cobri-la. No final da cama está minha capa, mas está muito longe para alcançá-la sem mover Angel. E não quero fazer isso, porque não quero acordá-la. Ela merece um pouco de descanso.

Não há muito que eu possa fazer além de abraçá-la, cobrindo seus braços para aquecê-la. Ela suspira contra o meu peito e se aninha um pouco mais fundo. Sorrindo para mim mesmo, fecho meus olhos.

Fui eu quem acordou primeiro. É de manhã e uma pedra balança para cima e para baixo em frente às janelas da cabine. O navio parou. Meu primeiro pensamento é pular da cama e ver onde estamos. Mas Angel ainda está dormindo pacificamente em mim. Ela se virou para a frente durante a noite e sua bochecha descansou no meu peito. Seu corpo sobe e desce com a respiração.

Deslizando meus dedos suavemente pelo cabelo dela para acordá-la, olho para as janelas novamente. Há algo estranho na rocha lá fora. É familiar. Com uma sensação de desgraça, de repente percebo onde estamos. Aterrissamos no lado oeste da Terra do Nunca. Nenhuma Londres em qualquer lugar próximo.

Meu coração afunda por Angel. Isso vai esmagá-la.

Daí, não receberei as informações necessárias.

Capítulo 15

Angelina

ALGUÉM MURMURA meu nome. A voz é suave e combina com a carícia carinhosa na minha bochecha. Acordando depois de um sonho maravilhoso em casa e apresentando o Capitão Gancho à minha família, abro os olhos e vejo o rosto de Jamie. Ele parece preocupado.

— O que foi? — Pergunto, esfregando o sono dos meus olhos e sentando-me nas minhas coxas entre as pernas abertas dele.

Jamie se levanta da cama e caminha até as janelas, então, me olha. — Você não vai gostar disso.

Agora estou realmente alarmada. Saindo da cama, vou atrás dele. — O que você quer dizer? — Mas vejo através da vidraça manchada que há terra lá fora. Meu coração começa a acelerar. — Encontramos outra ilha? Você acha que é de onde eu venho?

Oh, meu Deus, minha casa pode não estar muito longe!

— Responda! Por que você está rígido como um mastro? — Berro de emoção e o arrasto para longe da janela, mas me lembro dos sapatos e solto sua mão. Eu os encontro embaixo da mesa e sento no chão para colocá-los. Sorrindo, levanto os olhos, mas ele ainda mostra uma expressão sombria de preocupação.

Paro de amarrar os cadarços quando uma mão invisível aperta minha garganta. — O que é isso, Jamie? — Eu sussurro.

Um suspiro profundo sai dele. Ele pega minha mão para me levantar. — Aquilo lá fora não é Londres. Ou qualquer outra ilha.

Meu peito aperta. Respirar se torna mais difícil. — O que você está dizendo?

— Que estamos ancorados na Terra do Nunca novamente.

Os movimentos suaves de seus dedos nas costas da minha mão não fazem nada para acalmar meu coração partido. — Por quê? — Resmungo. Mas eu já sei o porquê. — Você mentiu para mim.

— O quê? *Não*.

— Sim, mentiu! — Cheia de raiva, puxo minha mão. — Você disse que me levaria para casa, mas tudo o que você fez foi navegar para o oceano e voltar novamente durante a noite. Você é um mentiroso! — Girando, corro com cadarços desamarrados para fora do quarto dele e atravesso o convés. Pelo canto do olho, vejo a ampla ilha verde que é a Terra do Nunca. Jamie chama meu nome por trás. Lágrimas me sufocam e eu corro mais rápido.

Quando chego ao meu próprio camarote, entro e tranco a porta e caio na cama. Minhas lágrimas saem mais rápido enquanto choro no meu travesseiro. Por que ele fez isso comigo? Por que ele me apresentou ao atencioso Jamie na noite passada, quando *Jamie* não passa de uma ilusão? Existe apenas o Capitão, e ele é um homem cruel.

Pior, sei que perdi mais do meu passado enquanto dormia. Limpando as lágrimas dos meus olhos, sento-me contra a parede num lado da cama e enfio a mão no bolso. Ainda há esse pequeno cartão dentro. O *cartão de viagem*. Eu fungo e afago com carinho a superfície desgastada do papel. Leva o nome da minha cidade natal. Mas *Londres* é um buraco negro na minha memória agora com uma única casa branca no meio. Cheiros, sons, cores e sentimentos ainda estão vívidos dentro daquela casa, mas o mundo ao seu redor desmoronou.

Em mais um ou dois dias, minha vida como a conhecia pode ser varrida completamente da superfície da minha mente. O que vai acontecer quando eu esquecer tudo? Vou acreditar que vivi na Terra do Nunca a vida toda? Vou ficar no Jolly Roger e me tornar um pirata, ou vou encontrar um lugar para morar no pequeno porto marítimo?

Ficarei feliz em não saber que em algum lugar, em um mundo diferente, duas meninas estão chorando pelo meu desaparecimento?

Todos esses pensamentos me assustam. Levanto-me da cama estreita e dou os dois passos até a pequena mesa em frente a uma única janela quadrada. Tudo neste camarote é muito menor que o do capitão, mas Smee conseguiu fazer com que parecesse aconchegante com o tapete rosa estendido no chão – certamente roubado – e os arcos roxos que usou para amarrar as cortinas. Ontem, gostei da criatividade dele. Hoje, isso me lembra Brittany, e começo a chorar de novo.

Tem um barulho na porta. Viro-me, mas não respondo.

Alguém está batendo de novo e girando a maçaneta. — Angel, abra a porta. Por favor.

— Não! — Digo a Gancho. Não quero enfrentá-lo depois do que ele fez comigo. — Vá embora!

— Droga, Angel, abra a porta ou eu juro que vou quebrar essa também.

Ele parece zangado – como se estivesse falando sério. Limpando o nariz com as costas da mão, aperto mais o cartão de viagem na minha outra. Em passos hesitantes, atravesso o cômodo e abro a porta. Gancho não está usando o chapéu, é a primeira coisa que percebo. A segunda é um mapa na mão.

Sua expressão dura muda para um choque silencioso quando ele me vê. Não sei o que o atordoa, mas o mapa desliza de sua mão e ele estende a mão para tocar o meu rosto. Polegares calejados secam minhas lágrimas. — Por favor, não faça isso — Jamie sussurra e me puxa contra seu peito.

Honestamente, não sei como parar minhas

lágrimas quando meu último pedaço de esperança sumiu esta manhã. — Pensei que havíamos nos tornado mais do que pirata e prisioneira ontem à noite — Murmuro no tecido de sua camisa branca. As palavras machucam minha garganta apertada. — Pensei que tínhamos nos tornado amigos. Por que você mentiu para mim, Jamie?

Seus músculos ficam tensos por um breve momento e ele para de acariciar meu cabelo. — Não sei o que nos tornamos ontem à noite — Ele diz e parece calmo e honesto —, mas não menti para você. Descobrir que estamos de volta à Terra do Nunca foi um choque tão grande para mim quanto para você.

Eu olho para o rosto dele, fungando. — Então, o que aconteceu? Por que estamos de volta?

Jamie envolve seus dedos em volta dos meus ombros e me afasta um pouco dele. — É estranho — Diz ele. Ele se inclina para pegar o mapa. — Basicamente, o que aconteceu é que começamos aqui... — Segurando o papel amarelado para que eu possa ver a Terra do Nunca no meio do oceano, ele bate com o dedo no lado leste da ilha. Em seguida, ele passa o dedo em uma linha horizontal através do oceano enquanto gira o mapa em círculo, finalmente tocando no lado oeste da Terra do Nunca. — E chegamos aqui.

— Como isso é possível?

Ele encolhe os ombros. Nos seus olhos vejo a verdade.

— Acabou — Sussurro. — Ficarei presa aqui para sempre. — Meu coração parece que está cheio de lanças que me apunhalam a cada batida. Jamie deixa cair o braço com o mapa e molda a outra mão na minha bochecha, claramente sem saber como me acalmar. — Eu não quero ficar aqui para sempre! — As palavras saem da minha garganta. — Quero ir para casa, Jamie. Quero voltar para a minha família.

O suspiro que lhe escapa parece que sua garganta está doendo tanto quanto a minha. É difícil acreditar vindo do homem que agiu como se não desse a mínima para a minha vida há apenas dois dias, mas agora posso sentir que ele se importa comigo. De repente, ele abandona seu olhar desamparado. Em seu lugar, vem a determinação. — Vem comigo — Diz ele e pega minha mão.

— Para onde estamos indo? — Pergunto enquanto ele me arrasta pelo convés. Momentos depois, ele manda Barbudo colocar a prancha para que possamos desembarcar. Mal tenho tempo para amarrar meus cadarços.

Embora Jamie ande na frente, ele não solta minha mão. Em vez disso, volta para me firmar e olha por cima do ombro a cada poucos segundos. — Vamos conhecer uma fada.

— Uma fada, como uma duende? — Imagino se ele está falando de Tami, mas quando percebo que estamos indo para o porto e não para a selva, o pensamento evapora.

— Não, não como uma duende. Mais como uma ninfa da floresta. Na verdade, duas delas.

— Existe alguma diferença?

Jamie me lança um olhar de soslaio, apertando os lábios. — Você mesma verá.

— E por que vamos vê-las?

— Porque elas são as únicas que podem te ajudar a chegar em casa. Se alguém puder, é isso.

Tenho dificuldade em acompanhar o ritmo dele. Ele deve acreditar que há uma chance real. Tanta euforia nos olhos dele é novo para mim. Isso me dá esperança.

Quando chegamos à pequena cidade, não andamos pela estrada principal, mas seguimos para a esquerda e logo alcançamos uma floresta verdejante com árvores baixas, cogumelos e musgo por toda parte, e coelhos se escondendo sob os arbustos. Tenho que parar para recuperar o fôlego por um minuto, olhando ao redor e vendo todo esse cenário fabuloso. É mais do que romântico. É fascinante.

— Espero que elas estejam em casa — Jamie murmura enquanto o sigo pelo gramado, sem nenhum caminho real. Quanto mais para dentro chegamos da floresta, mais altas e grossas as árvores ficam. Elas dão uma atmosfera sombria. Somente raios de luz atravessam as coroas e pousam como moedas cintilantes no chão. Elas me tentam a me curvar e tentar pegá-las.

Atrás de um grupo de coníferas à nossa frente, uma cerca branca de piquetes aparece à vista. Ela circunda uma pequena casa com um telhado feito de uma espessa camada de juncos. Da chaminé, uma fina linha de fumaça sobe em direção ao céu.

— Chegamos — Jamie me diz, então, ele para e

me faz encará-lo. De repente, fico nervosa. Talvez sejam as linhas de seriedade ao redor de seus olhos que me preocupam. Segurando meu queixo, ele dá um pequeno sorriso. — Você não precisa ter medo. São mulheres muito legais. Mas aconteça o que acontecer, não fale com Remona.

Seu último aviso me deixa arrepiada de medo.

Não há tempo para fazer perguntas. A porta verde baixa se abre. Minha atenção se concentra na mulher alta e bonita que atravessa o batente da porta, depois, se endireita e levanta seu longo vestido de seda em cascata da cor de romã. Ela não usa sapatos e mesmo assim é maior alguns centímetros do que Jamie quando se aproxima de nós. Seus lábios faiscam num verde brilhante que parece ser sua cor natural e se misturam com sua pele pálida. Olhos turquesa encantadores brilham quando ela sorri.

— James Hook — Ela fala com um suspiro alegre. — Quanto tempo se passou desde a última vez que você veio à floresta?

— Algum tempo — Jamie responde com culpa em sua voz e deixa a fada dar um beijo casto em sua bochecha. — Estava ocupado.

— Eu percebo isso. O tempo continua parado.

Mesmo que eu não saiba, Jamie obviamente sabe do que está falando. Fazendo uma careta, ele esfrega o pescoço. — Sim, ainda não encontrei o relógio. Mas estou chegando mais perto.

— Não haverá amanhã se você falhar.

— Eu sei — Ele murmura. Estou morrendo de

vontade de saber do que se trata, mas como não sei dizer se é Remona ou não, não me atrevo a perguntar. Como se para distrair a fada do seu tópico atual, ele coloca a mão nas minhas costas e me empurra um passo à frente. — Esta é minha amiga, Angelina. Angel, conheça Bri'Shán. — Com um sorriso, ele me incentiva a apertar sua mão.

A pele da fada é fria como a água da nascente. Meus dedos começam a entorpecer em apenas um momento. Ela não me larga, mas se aproxima e inclina a cabeça para o lado, enquanto procura meu rosto.

— Angelina McFarland. É um prazer conhecer você.

Minha boca se abre. Dei uma breve olhada para Jamie, murmurando: — Você... — Mas ele balança a cabeça com as sobrancelhas arqueadas. Obviamente, está tão surpreso quanto eu pela fada saber meu nome completo.

Bri'Shán ri. — Sei muitas coisas, Angelina. Por exemplo, você é uma visitante e não consegue encontrar sua casa.

— Smee te disse — Afirma Jamie.

— Não. — Quando ela balança a cabeça, suas longas mechas lisas brilham como poeira estelar na luz solar em pixels. — Eu disse a *ele*.

Certo. Provavelmente é isso que acontece ao lidar com uma fada. Eu a acho fascinante e fico feliz em acompanhá-la quando ela nos convida para entrar em sua casa. O arco da porta é tão baixo que até eu tenho que me curvar quando caminho. Julgando pelo lado de fora, limpo e minúsculo, eu achava que ficaria amontoada numa sala de três por três metros. Mas o interior é enorme. Na verdade, é mais que enorme. É como se alguém encaixasse um palácio em uma caixa de sapatos.

Virando-me para verificar se realmente passamos por aquela porta, posso ver o portão aberto da cerca. — Que diabos... — Sussurro para Jamie, mas ele apenas balança a cabeça. Ele certamente sabia o que esperar aqui. Um aviso teria sido bom.

Bri'Shán coloca a mão no meu ombro para me guiar em direção a uma ampla mesa de vidro no meio de uma sala. O contato com sua pele novamente me faz estremecer. Desta vez, o frio viaja ainda mais rápido pelo meu corpo. Fico feliz quando ela o solta e esfrego rapidamente o local para aquecê-lo novamente.

As paredes deste salão vazio são feitas de pedras encaixadas umas nas outras. O chão é um tabuleiro de xadrez de mármore com pisos preto e branco. Mesmo sem janelas, o interior é inundado pela luz do dia. Não sei explicar de onde vem.

Três cadeiras medievais com forro cor-de-rosa aparecem ao redor da mesa. Jamie e eu nos sentamos a convite de Bri'Shán. Do nada, uma bandeja de prata com três xícaras de porcelana branca e uma chaleira redonda aparecem em suas mãos. Ela coloca no meio da mesa e se senta lentamente na terceira cadeira. Imediatamente, uma xícara em um pires corre para a frente de cada um de nós. Então, ela entrelaça os dedos e inclina a cabeça para Jamie com um sorriso caloroso.

— O que você pode fazer por mim?

Sua pergunta me pega de surpresa. Isso foi certamente apenas um erro na sua fala que eu acredito e tomo um gole do meu chá de ervas, esperando que ela se corrija. Mas ela não se corrige. Então, algo estranho acontece no canto da sala que chama toda a minha atenção. Um relógio de pêndulo aparece junto à parede e marca uma e meia.

Bri'Shán notou minha atenção fixa e me deu um aceno de entendimento. Ou eu não vi o relógio no começo, ou algo muito estranho está acontecendo dentro desta casa. Não tenho vontade de perguntar a ela sobre isso.

Quando a atenção da fada volta para Jamie, ela coloca a mão em cima da dele e um arrepio o estremece. Obviamente, ele não gosta da sensação de arrepio tanto quanto eu. — Agora, sua oferta? — Ela exige.

— O telhado parece um pouco desgastado do lado de fora. Eu posso consertar.

— Oh, querido James. A resposta que você quer vale mais do que adicionar uma camada de juncos ao telhado.

Jamie encolhe os ombros. — Isso, mais água do mar fresca em garrafas todas as manhãs? Por um ano?

Caramba, agora eu entendi. Ele está negociando com ela por uma resposta. E a pergunta é... como posso sair da Terra do Nunca? Impressionada com o quanto ele iria me ajudar, inclino a cabeça para ele e estudo seu rosto. Ele me ignora e toma um gole de seu próprio chá. Por um breve momento, seu olhar se concentra em algo por cima do ombro de Bri'Shán, mas não vejo nada lá.

— Boa tentativa — Diz a fada em um tom suave —, mas não é o que quero de você.

Então, o que ela quer? Uma conversa estranha que escutei ontem ressurgiu em minha mente. Gancho perguntou a Smee o que ele tinha dado à fada pelo mapa. Seu palpite era o primogênito de Smee. Ontem eu pensei que era apenas uma piada. Agora, me pergunto se é isso que a fada poderia subornar Jamie por me ajudar.

Bri'Shán ri. — Não, não é o primogênito dele, Angelina. Não usamos bebês para encantos.

Então, são os ingredientes que ela quer. Envergonhada por minha suposição, e ainda mais envergonhada por ela de alguma forma ouvir meus pensamentos e expressá-los na frente de Jamie, abaixo a cabeça e tomo um segundo gole de chá. Neste momento, outro objeto aparece ao lado do relógio de pêndulo. Uma cadeira de balanço. Imediatamente, solto a xícara e ela brilha e estremece no pires. Bom Deus, que feitiçaria é essa?

Sinto o olhar curioso de Jamie em mim e, por alguma razão, sei que é por causa do que pensei e não pelo quão estranho estou agindo no momento. Dou-lhe um olhar de soslaio e dou de ombros, fazendo uma careta. Ele ri, o que diminui minha tensão eventualmente.

— Eu sei que você já tem algo em mente, Bri — Diz ele à fada — O que é?

Ela o estuda por um longo momento, sua expressão imutável, mas calorosa. — A água do banho de uma criança — Ela finalmente diz. — Depois de uma lua nova.

Caramba, como ele poderia lhe trazer uma coisa tão estranha? Ele tem que invadir a casa de alguém para conseguir.

— Aceito.

Eu respiro fundo com a resposta de Jamie.

— Muito bem, James Hook. Eu aceito sua palavra. — Seus olhos brilham mais azuis que turquesas agora, enquanto ela segura a mão dele na dela mais uma vez. O sorriso suave que foi colado em seus lábios desde que chegamos desaparece. Ela ainda parece amigável, mas muito mais séria. — Só se pode deixar a Terra do Nunca da mesma maneira que se chegou.

Estou esperando por mais.

Não há mais nada.

Eu percebo que estou ferrada.

Quando Jamie afasta a mão da fada, ela já começa a ficar azul do frio. — Por que você não falou isso ao Jack quando ele veio aqui ontem? — Ele exige.

Alguém ri atrás de nós e eu pulo na minha cadeira. — Você o enviou com a pergunta errada — Outra mulher tão bonita quanto Bri'Shán diz a ele. Seu cabelo liso e prateado é tão longo quanto o de Bri'Shán e ela torce uma mecha em seu dedo. Esta deve ser Remona. Seu vestido de seda sem mangas se apega a ela como chocolate branco derretido.

— Claro. — Jamie suspira, parecendo que se

arrepende de um vasto erro. Ele se levanta da cadeira e coloca a mão no meu ombro. — É hora de ir — Ele sussurra para mim.

Eu me levanto, mas de repente um desejo louco toma conta de mim. E se eu bebesse um pouco mais de chá? Mais objetos apareceriam?

Bri'Shán caminha ao redor da mesa em nossa direção, dizendo adeus a Jamie. Ouvindo bem pouco o que ela fala, entendo apenas poucas palavras estranhas. — Você está no limite de sua maior aventura, James Hook. Não a desperdice. — Não consigo entender, e estou mais focada na xícara de chá. Antes de encarar a fada, rapidamente tomo outro gole. Um vaso de plantas aparece em uma pequena mesa redonda ao lado da cadeira de balanço.

Isso é incrível e me assusta. Mas não consigo resistir. Tomo outro gole. Uma janela aparece e o salão começa a encolher. Outro gole, há uma lareira. Fogo quente queima por dentro. Eu bebo o resto do chá. Quando olho para cima, mais três janelas apareceram, a sala encolheu para um terço do tamanho original do salão, os ladrilhos sumiram, foram substituídos por um tapete roxo e, pelo que sei, não nos sentamos numa mesa de vidro com cadeiras com encosto alto, mas num sofá baixo em forma de L com uma mesa de café de madeira na frente.

Minha boca está aberta. Bri'Shán se aproxima de mim e pega minhas duas mãos nas dela. — Bem-vinda à minha casa, Angelina. — Sua pele não está tão fria quanto antes.

Com gratidão, aperto suas mãos agora e digo obrigada e adeus. Mas quando me afasto dela, encontro Remona na minha frente. O sorriso dela não é do tipo caloroso e acolhedor, mas de intriga absoluta. Ela passa os dedos pelos meus cabelos, sente o tecido do meu vestido e até se abaixa para examinar meus sapatos.

— Incrível! Uma visitante de verdade! Eu nunca conheci uma pessoa de fora antes. — Ela puxa meus cadarços e segura uma ponta na mão. — Olhe para eles, Bri. O que eu daria para ter um vislumbre de seu mundo.

Eu me sinto um pouco desconfortável sob sua inspeção minuciosa, também porque o aviso de Jamie ainda soa nos meus ouvidos.

— Você gosta da Terra do Nunca? — Ela me pergunta, levantando-se.

— Eu-hum... — Eu aperto minhas mãos e me abaixo para amarrar o cadarço que ela deixou pendurado, então, me endireito novamente. — É uma ilha realmente interessante. Mas prefiro ir para casa.

— Entendo, entendo. — Ela desliza ao meu redor e me encara mais uma vez com um sorriso largo. — Posso esperar que você me traga um par destes na próxima vez que você vier? — Ela aponta para os meus sapatos.

— Bem, si...

— Não! — Jamie grita e se aperta entre mim e Remona. Com a boca abaixada no meu ouvido, ele rosna: — A palavra dada para uma fada é um laço obrigatória por toda a vida. — Eu só tenho que olhar nos olhos dele para entender o que ele quer dizer. Se eu tivesse dito que sim, teria que voltar e trazer os sapatos dela, não importa como.

— Temos que ir agora — Ele diz a Remona por cima do ombro e me empurra para fora da porta.

— Esperem! Deixe-me abrir o portão do jardim para você — Sua oferta animada vem por trás. E, no instante seguinte, sinto que alguém arrastou meu corpo através de água gelada. Eu estremeço. Uma tosse como se fosse meu último suspiro me escapa. À nossa frente, Remona aparece do nada e pula para o portão. Ou ela pode ter aparecido de... mim.

Aperto o braço de Jamie, minha expressão horrorizada. — Ela acabou de passar por mim? — Eu respiro.

Ele assente e faz uma careta. Mal posso esperar para fugir deste lugar.

Com o braço em volta da minha cintura, Jamie me leva para fora do belo jardim e voltamos pelo caminho que havíamos percorrido. Depois de alguns passos, paro e olho para trás. Bri'Shán ainda está parada na porta. Atrás dela, há uma mesa de vidro com três cadeiras com encosto alto e um piso de xadrez.

— James — Ela diz com um tom suave e sorri apenas para ele. — Sua próxima pergunta será ainda maior que isso. Quando você vier pedir informações, traga um arco-íris. Do meio da Terra do Nunca.

Sinto como uma onda de espanto enfraquecesse a pegada de Jamie. Seus olhos estão arregalados e ele passa a língua lentamente pelos lábios. Por completos dez segundos, ele apenas a encara. Finalmente, diz: — Até nos encontrarmos novamente, fada.

Ela assente e desaparece em sua casa, fechando a porta.

Capítulo 16

James

UMA DROGA DE ARCO-ÍRIS do vulcáo? O que poderia ser táo importante para mim no futuro que devo pegar um arco-íris como pagamento? Se fosse outra pessoa falando comigo, eu responderia com um sorriso e deixaria assim. Mas é Bri'Shán. A fada. Ela está sempre certa sobre suas previsóes. Um tremor desce pelas minhas costas.

— Vamos — Digo a Angel e a faço andar pela floresta densa. Ela me segue sem hesitar.

— Você percebeu que havia algo errado com o chá? — Ela sussurra depois de um tempo, embora já estejamos a 800 metros da casa das fadas.

Eu respondo com uma voz normal: — Sim. Pensei ter visto as coisas aparecerem depois de beber, mas não tinha muita certeza de que era o chá. Nunca se tem certeza de nada naquela casa.

— Você as vê frequentemente?

— As irmãs fadas? Não vou lá há anos. Não havia necessidade.

Angel olha por cima do ombro como se tivesse certeza de que finalmente estávamos longe o suficiente para relaxar. Então, ela me puxa para uma parada e me encara. Há rugas de confusão em sua testa. — Ok, agora explica.

— Explicar o quê?

— O que ela quis dizer com a resposta enigmática. Que só posso deixar a Terra do Nunca do jeito que cheguei.

— Você disse que veio para a ilha pelo céu.

— Disse. Mas você não tem aeronaves até onde eu sei. Como posso ir pelo céu novamente?

Eu me pergunto o que é uma aeronave. Talvez seja uma daquelas carroças que ela me contou ontem à noite. Certamente seria mais fácil sair com uma delas do que o que espera o futuro de Angel. Eu suspiro. — Basicamente, acho que você precisa aprender a voar.

— Eu? Voar? — Sua voz soa através da floresta. — Você pode não ter notado, mas eu não tenho asas!

— Você não precisa de asas para voar. O que você precisa é de um professor. — Odeio o que vou dizer a seguir, mas não vejo nenhuma maneira de contornar isso. — Você tem que aprender a voar como Peter Pan.

Todo o ar sai dos seus pulmões e ela empalidece.

— Eu não posso fazer isso. Eu não sei como. E mesmo que exista uma maneira de Peter me mostrar, ele está bravo comigo. Ele me *odeia*!

Como Angel fica raivosa, coloco minhas mãos em seus ombros, tentando acalmá-la, mas ela não se concentra mesmo quando seus olhos estão presos nos meus. — Ele nunca concordaria, Jamie. Mas isso não importa, porque não posso perguntar a ele. Ele mora na selva e não há como eu voltar *lá*!

— Angel. *Angel!* — Eu tiro seus cabelos da testa e luto por sua atenção. — Você não precisa andar pela floresta novamente. Eu não vou deixar você fazê-lo. Teremos que esperar Peter vir até nós. Ele sabe onde estamos. Ele encontrará o navio facilmente.

— Você é louco? Por que ele viria ao navio? Mesmo que ele fique entediado um dia e decida ir para uma divertida batalha com você, pode levar semanas. Meses... *Anos!*

— Com alguma sorte, ele aparecerá nos próximos dias.

Isso a silencia e, pela primeira vez, ela está se concentrando em mim. — O que diabos faz você pensar assim?

— Tenho um plano. — Não é muito bom e as chances são de que pode sair pela culatra, mas depois que vi Angel chorando hoje de manhã, estou pronto para *tentar muito* para ajudá-la a encontrar sua casa. E é a única chance que tenho para chegar ao meu tesouro também. — Vamos deixar uma mensagem para ele.

O ceticismo muda suas feições. Ela se afasta de mim e cruza os braços sobre o peito, franzindo os lábios. — Qualquer que seja a conexão telefônica que eles usem na casa na árvore, tenho certeza de que eles não têm correio de voz.

Ela é de um mundo diferente, não preciso entender tudo o que diz.

— Peter é amigo das sereias. Se pudermos convencê-las a entregar nossa mensagem na próxima vez que o virem, teremos sorte.

Angel pensa no meu plano, andando em pequenos círculos ao meu redor e esfregando as têmporas. — Mas o que você vai dizer a ele? Ele não vai concordar em me ajudar. — Os olhos dela encontram os meus. — Você viu como ele me deixou pendurada naquele buraco mortal na outra noite. Ele não se importa com o que acontece comigo.

Eu acaricio sua bochecha acalorada. — Ele deixou você pendurada porque achou que o havia traído. Deixe isso comigo. — Se eu puder fazê-lo ouvir, ele entenderá. Espero…

Eu levo Angel de volta ao Jolly Roger e mando Smee içar as velas. Estamos indo para o norte, para a Lagoa das Sereias. Angel fica ansiosa o tempo todo e fica mais quieta a cada minuto. Batata Ralph traz carne e pão, mas ela nem olha para a comida.

Não conversei com ela sobre Londres o dia todo. Agora que a vejo roer as unhas e olhar para o mar, imagino o quanto ela ainda se lembra. Qual parte deixou sua memória enquanto dormia? Eu quero ir até ela, segurá-la em meus braços e garantir que tudo ficará bem. Que vamos encontrar uma maneira de fazê-la voar. Mas a verdade é que ela está certa. Peter é um garoto teimoso. Se eu quero convencê-lo a me ajudar, vai demorar mais do que um *por favor* entre irmãos. A questão importante é quanto estou disposto a dar para fazer Angel feliz?

Também percebo que não a beijei o dia todo. Sinto falta disso.

No crepúsculo, eu a ajudo a descer até o bote e remo até a praia. Ainda estamos a mais de um quilômetro de distância da lagoa, mas é provável que as sereias fujam para debaixo d'água se virem o Jolly Roger se aproximando. É melhor andarmos o último trecho.

No ar frio, tiro minha capa e a envolvo nos ombros de Angel, amarrando as cordas na gola. Logo escurecerá, e não sei quanto tempo teremos que esperar para que uma sereia apareça. Talvez alguns minutos, mas também pode demorar algumas horas. Não quero que ela fique com frio enquanto estivermos fora.

Ela levanta o olhar para o meu e murmura: — Obrigada.

Assentindo, pego a mão dela e deslizo meus dedos pelos dela. Eu nunca fui assim com ninguém. Quando acaricio suas juntas com o polegar, ela aperta minha mão suavemente em troca. É emocionante em um nível além da medida. Profundamente conectado, estremeço de prazer. Não há como negar, vou sentir falta dela quando ela se for. A percepção vem com uma pontada de dor.

— O que houve? — Ela pergunta enquanto nos aproximamos da costa rochosa no pico norte da Terra do Nunca.

Não entendo o porquê da pergunta. — Hum?

— Você suspirou. O que está te incomodando?

Caramba, eu suspirei? Então é ainda pior do que eu pensava. — Não é nada — Minto. —Estou pensando em como fazer isso funcionar. É melhor você manter os dedos cruzados para que as sereias não corram quando me virem.

— Nadem — Ela me corrige e me lança um olhar zombeteiro de lado.

— Espertinha.

Angel ri. É um som emocionante. — Qual é a sua grande aventura? — Ela me pergunta momentos depois.

Parece que simplesmente não consigo seguir seus saltos mentais esta noite. — O que você quer dizer?

— Bri'Shán disse algo estranho para você antes. Além de todas as outras coisas estranhas que ela disse, é isso.

Chegamos à terra de rochas escuras que levam como uma doca para o mar. Dou um grande passo na primeira pedra, depois me viro e estendo minha mão para Angel. Quando ela fica em pé na minha frente novamente, ela olha para o meu rosto e continua: — Ela disse que você estava no limite de sua maior aventura. Qual?

Eu mantenho um aperto firme na mão dela e a faço me seguir sobre rochas mais escorregadias, decidindo não responder. Falar sobre isso significaria realmente acreditar na suposição de Bri'Shán... o que não acredito. Ela é uma fada, mas até elas podem estar erradas às vezes.

Ou rezo para estarem.

Sinto um enjoo no estômago. O histórico delas de acerto é de cem por cento. Eu estou condenado.

— Você tem que ter cuidado com esses vãos — Murmuro por cima do ombro, cuidando para subir num ritmo certo para as pernas mais curtas de Angel.

— Como você obviamente não vai responder à minha pergunta, posso lhe perguntar outra coisa? — As palavras decepcionadas dela se voltam para mim.

— Talvez.

— O que há naquele pequeno baú com o tesouro?

Esta é uma pergunta que posso responder sem me sentir mal. — Um relógio.

— Sério? — Angel me puxa para uma parada, me fazendo encarar seus olhos incrédulos. — O que há de tão especial em um relógio que você carrega a chave no pescoço o tempo todo?

Automaticamente, coloco a mão na minha gola e sinto a chave debaixo da minha camisa, franzindo a testa para ela. — Como você... Ah, Peter Pan. — O patife certamente disse a ela. Coloco minhas mãos em seus quadris e a levanto de sua rocha até a minha. Ela se firma com as mãos nos meus ombros. Quando ela se levanta, as desliza para o meu peito até encontrar a chave. Coloco minha mão sobre a dela para mantê-la no lugar. — É a chave para o *amanhã*.

Sua testa enruga com seus pensamentos. — Bri'Shán mencionou isso também. Eu não entendo.

Alisando seu V profundo entre as sobrancelhas

com os polegares, explico: — Há muito tempo, algo terrível aconteceu na vida de Peter Pan. Isso o devastou e ele decidiu nunca crescer. — Lembro como me senti quando a mesma coisa terrível aconteceu comigo muito antes e como isso rasgou um pedaço do meu coração. Às vezes nem consigo ficar bravo com Peter por suas ações. — Com sua decisão furiosa, ele meio que amaldiçoou a Terra do Nunca. E toda maldição precisa estar vinculada a um objeto. Assim me falaram as fadas de qualquer forma. É um símbolo da maldição.

Os olhos castanhos de Angel aumentam de entendimento. — Então, para parar o tempo, a maldição se ligou a um relógio.

— Pelas fadas, sim. Elas me deram em um baú com a chave. Mas não é apenas um relógio. Era do meu pai. De *nosso* pai. — Eu a libero e continuo descendo a parte rochosa da praia. A meia-lua reflete na água ao nosso lado. Sem a luz, estaria escuro demais para ver minha mão na frente do meu rosto agora.

— Sabe — Ouço Angel por trás de mim —, desde que conheci Peter na selva, fiquei imaginando como vocês poderiam ser irmãos e ainda assim se odiarem.

— Somos apenas meio-irmãos. É por isso. — Essa é realmente uma parte da minha vida da qual não gosto de falar, mas se quero que Angel entenda, não há outra opção. — Minha mãe tinha vinte anos quando conheceu meu pai. Ela se apaixonou por ele num instante. Ele era um homem charmoso. — Percebo a ironia do que vou dizer a seguir e sorrio para Angel por cima do ombro. — Ele era pirata.

Ela sorri de volta.

— Em um ano, ela me teve. Quando eu era criança, não via meu pai com muita frequência, mas lembro-me de como ele ficou orgulhoso quando me trouxe ao navio pela primeira vez. Eu tinha cerca de cinco anos na época. — Acho que ouço algo na água, então, paro e presto atenção, mas o mar está calmo. Sem sinal de sereia. Eu suspiro e continuo. — Minha mãe morreu quando eu tinha doze anos.

Os dedos de Angel apertam minha mão. — Sinto muito, Jamie.

Eu aceno no escuro, aceitando sua compaixão. — Meu pai nunca voltou para mim depois disso e não demorou muito tempo para descobrir o porquê. Logo depois que ele conheceu minha mãe, ele se apaixonou por outra mulher. Eles também tiveram um filho.

— Peter — Angel engasga. — Deve ter sido difícil descobrir quando você já estava de luto pela morte de sua mãe.

Foi como um tapa na minha cara. Nunca me senti tão mal antes. E nunca mais depois. Apertando minha mandíbula, soltei a mão de Angel. — Eu não me importei.

Chegamos ao fim da terra pontuda. Aqui é um bom lugar para sentar e esperar as garotas peixes aparecerem. Dou um passo para a última pedra e ajudo Angel a descer. Ela estuda meu rosto como se procurasse a verdade que tento esconder. Para escapar de seu olhar, abaixo-me na rocha lisa que ainda está quente, mas ela se agacha na minha frente e coloca as mãos nos meus joelhos dobrados. — Quão mais velho que Peter você é?

Isso pode ser divertido, eu percebo com um pouco de sarcasmo. — Quantos anos você acha que eu tenho, Angel?

— Não sei. Cerca de 23 anos ou um pouco menos.

Rio. O som me assusta, porque está cheio de dor. — Tinha acabado de fazer dezenove quando Peter decidiu ficar criança para sempre e, com isso, mudou o destino de todos que moravam na Terra do Nunca.

Com minhas palavras, Angel se inclina de lado e deita. Sim, ela não esperava que eu fosse tão jovem. Tenho dezenove anos há tanto tempo que perdi as contas dos anos.

— Você sabe por que Peter tomou essa decisão?

Infelizmente sim. — Depois que descobri a verdade, tornei a vida de *Peter um inferno.* Eu o odiava muito por ter roubado meu pai.

— Mas não foi culpa dele.

E daí? Também não foi minha culpa, caramba. — Eu era uma criança. Tudo o que sabia era que minha mãe havia morrido e meu pai escolheu um filho diferente de mim.

— Entendo. — Aproximando-se, Angel encosta a cabeça no meu ombro e pega minha mão, entrelaçando nossos dedos. — Peter sabia que vocês dois eram meio-irmãos?

Eu olho para as nossas mãos unidas por um longo momento. — Não no começo. Um dia na praia, eu o coloquei no chão com o joelho no peito. Ele me implorou para deixá-lo ir. Não deixei. Então, ele chorou e perguntou na minha cara por que eu estava fazendo essas coisas com ele?

— Você contou a ele?

Balanço a cabeça. — Não naquele dia.

Sua cabeça se inclina e sinto seu olhar no meu rosto. — Quando ele descobriu?

— Eu disse a ele alguns anos mais tarde, depois de ter cortado o braço dele com uma adaga do cotovelo ao ombro. — Parando com essa lembrança em particular, sinto minha garganta apertar. O dia terminou com uma tragédia. — Peter ficou surpreso com a revelação. Pela primeira vez desde que perdi minha mãe e meu pai, senti uma pequena vitória sobre Peter.

— O que aconteceu então?

O frio vem sobre mim. Eu sei que não é da noite, mas pelas imagens que vêm à minha mente. Desejando um pouco de conforto, movo meu braço atrás de Angel e a puxo na minha frente para tê-la sentada entre as minhas pernas como na noite passada. Ela se encolhe contra o meu peito e desliza os dedos sobre o meu coração em círculos carinhosos. Eu a acaricio de volta para cima e para baixo. — Quando ele apareceu — Digo em voz mais baixa do que antes —, ele correu para casa e perguntou à mãe sobre isso. Ela não tinha ideia.

— Isso destruiu a família deles?

— Pior. Quando a mãe de Peter descobriu sobre mim – sobre o marido mentir para ela todos esses anos – foi demais para ela lidar. Ela correu para um penhasco e pulou, tentando acabar com sua vida.

Angel endurece em meus braços. Eu os envolvo com mais força. Não importa o que ela pense de mim agora, não quero que ela se afaste de mim. Ela é quente. Ela é meu conforto. — Nosso pai estava logo atrás dela, mas não conseguiu alcançá-la a tempo. Ele queria salvá-la e pulou também. Nenhum deles saiu da água novamente — Faço uma pausa e mergulho minha cabeça para cheirar seus cabelos macios. — Peter e eu estávamos lá. Vimos aquilo acontecer.

Um silêncio melancólico dura alguns minutos entre nós. Então, Angel pega minha mão e dá um beijo em meus dedos. — Só posso imaginar como isso me mataria se eu perdesse *minha* família. Minhas irmãs. Deve ter sido tão difícil para vocês dois lidar com isso.

Eu nunca olhei para a situação de Angel do ponto de vista dela, o que ela vai perder quando não puder ir para casa. Eu respiro fundo e digo a ela: — Foi difícil para mim. Mas foi *impossível* para Peter. Veja bem, de um lado, havia eu que o torturou durante toda a infância. Depois, nosso pai que construiu essa bolha de mentiras. E, no final, havia sua própria mãe que nem pensou nele quando tomou a decisão fatal de pular. Isso o destruiu. Ele precisava de uma maneira de escapar. E ele encontrou com o feitiço. Para sempre uma criança, ele pensou, ele não precisava lidar com sua perda. Crianças brincam. Elas esquecem. Peter também. E o Pan nasceu.

— Pobre Peter. É preciso muito para uma criança tomar uma decisão desesperada como essa. E sinto muito por sua família também, Jamie.

— Não sinta. Tudo aconteceu há muito tempo. Não penso nisso com frequência. — O humor diminuiu por tempo suficiente. Eu não quero que ela sinta pena de mim e não quero mais me debruçar sobre o meu passado, então, forço um sorriso e acrescento: — A menos que, de vez em quando, uma jovem estranha venha de um mundo diferente e vire minha vida de cabeça para baixo.

Angel pega minha mudança de humor e sorri. — Sim, eu ouvi que coisas assim acontecem de tempos em tempos. Especialmente quando essas mulheres precisam ser resgatadas de uma armadilha mortal na selva.

Suas palavras me levam de volta àquela noite. Particularmente no momento em que Peter deu as costas para ela. Ele estava tão machucado. E eu acabei de descobrir o porquê. — Você sabia que você se parece muito com a mãe de Peter? Você tem o mesmo cabelo escuro e grandes olhos castanhos. Eu acho que você o lembra dela.

Angel cantarola um *hm*. — Pode ser a razão pela qual ele ficou tão bravo quando eu disse que queria voltar ao meu mundo.

— Então, ele viu você comigo e pensou que o havia traído, como a mãe dele quando o deixou só.

— Sim. Faz sentido. Ele ainda sente falta dela. E acho que você também está sentindo falta da sua família. — Ela pega uma pedra na brecha entre as pedras ao lado dela e a joga nas ondas. — Agora, você quer aquele baú com o relógio de seu pai de volta para... uma lembrança?

Pego um punhado de pedras também e as jogo, dizendo a ela: — Quero encontrá-lo para poder destruí-lo.

— Por que você faria isso?

— É difícil de explicar.

— Tente.

Tudo bem. Recosto-me contra a grande rocha atrás de mim e olho para as estrelas. — Quando Peter decidiu nunca crescer, foi um desejo tão grave que afetou toda a Terra do Nunca. Ninguém envelheceu um dia desde então. A vida nesta ilha continua, mas não da maneira que você esperaria. Mesmo que as pessoas façam coisas diferentes todos os dias, elas não prosseguem com suas vidas. É um *loop* sem fim e ninguém percebe.

— Ninguém? Por que você sabe disso então?

— Eu estava me perguntando isso. — Por anos e anos. Ainda é estranho ir ao porto e ver a mesma mulher grávida há décadas, ou as crianças nunca envelhecendo. Ninguém nasce, ninguém morre. É tudo a mesma coisa, a cada novo dia. — Minha única resposta é que isso deve estar ligado ao fato de sermos irmãos. Ou talvez porque eu tenha começado destruindo sua família. Quem sabe? — Solto um longo suspiro. Nem as fadas me diriam por que sou o único que se sente estranho quando todo mundo fica feliz a cada nova manhã.

— Quando conheci Peter e os Garotos Perdidos, eles me falaram sobre você — Angel diz calmamente.

Eu sorrio e passo o dedo na ponta do nariz. — Malvado e feio, eu sei.

Isso a faz rir. — Sim. Mas é diferente. Quero dizer, diferente do que você me disse. Peter acha que isso tudo é apenas um jogo. Ele não leva você a sério.

— Mm. — Concordo. — Foi isso que eu quis dizer antes. As crianças esquecem. Nossas brigas se tornaram um jogo para ele. Roubar meu tesouro foi seu maior golpe. Infelizmente, ele roubou o baú com ele.

— Por que você manteve o relógio no baú, afinal? Se você queria destruí-lo e desfazer o feitiço, deveria ter feito isso na primeira chance que teve.

— Isso não foi possível. Eu não posso destruir o encanto. Somente Peter pode porque ele o iniciou. Eu estava tentando encontrar uma maneira de fazer isso. — Eu dou de ombros. — Como você vê, eu falhei.

— Ele acha que algo muito querido para você está dentro desse baú.

Eu balanço minhas sobrancelhas maliciosamente para ela. — Ele tem razão.

Angel senta de joelhos e me encara firmemente. Ela faz beicinho docemente, então, suas sobrancelhas se unem na zombaria da acusação. Não sei se devo levá-la a sério agora ou se ela vai rir de mim. Ela me dá um tapa de brincadeira no ombro. — Você realmente não queria me ajudar a encontrar minha casa para compensar por ser tão cruel na selva, seu patife! O tempo todo, você só queria a localização do esconderijo do baú.

Inclino-me para a frente com um sorriso e deslizo a

mão na parte de trás do pescoço dela. — Claro. — Eu a puxo para mais perto e beijo seus lábios deliciosos.

Nunca conheci nada com um sabor tão bom quanto Angel. Mordo e beijo seu lábio inferior até que ela começa a sorrir contra a minha boca e me beija de volta. Sua timidez da noite passada se foi completamente, ela me deixa puxá-la para dentro de mim, senta-se entre as minhas pernas novamente e enfia os dedos na minha camisa.

Sinto um desejo por essa garota que mal consigo controlar. Encontrando suas mãos, uno meus dedos com os dela pelas costas e os movo para o meu colarinho aberto. Eu quero sentir a pele dela na minha, pelo menos essa pequena parte dela. Suas mãos são macias como algodão, seus dedos explorando. Elas acariciam por trás do meu pescoço e correm pelo meu cabelo. Tremores de prazer correm através de mim. Eu faço o mesmo com ela, deixando seu cabelo sedoso fluir através dos meus dedos abertos. Angel é incrível. *Completamente* incrível. Eu nunca vou querer deixá-la ir.

Passando minha língua primeiro sobre o lábio inferior e depois sobre o superior, exploro cada pequeno arco e vale deles. Eles são perfeitos para beijar. Deslizo os cabelos para o lado e prendo atrás da orelha. Há um ponto logo atrás que eu sei que a faz tremer quando beijo. Isso tem me tentado o dia todo. Sedutoramente lento, eu corro minha língua todo o caminho em torno da concha de sua orelha. Angel ri e o arrepio esperado viaja pelo seu corpo. É emocionante. Pego o lóbulo da orelha dela entre meus dentes e mordisco. Delicioso.

— Você é um homem cruel, James Hook — Ela sussurra enquanto eu trilho um caminho de beijos na coluna de sua garganta.

Isso me faz rir contra sua pele sedosa. — Sim, sou.

— E ela ainda nem viu metade. Mas ela também é a única pessoa no meu mundo que consegue ver esse meu lado. O lado que me tenta a me perder. Meu lado pirata começa a desmoronar na frente dela. E não tenho pressa de juntar os cacos.

Eu me inclino para trás, arrastando-a comigo. Nosso beijo se torna profundo e obsceno, nossas línguas deslizando uma contra a outra em movimentos lentos e exigentes. Quero comê-la, bebê-la e respirar tudo. Por mais dias que tenha com ela, eles nunca serão suficientes. Angel se encaixa em mim como se ela fosse minha outra parte perdida. Tudo é perfeito nela. Ela me completa. Eu a seguro com mais força, com medo de que isso seja apenas um sonho e ela se vá quando eu abrir meus olhos.

Mas quando pisco, ela ainda está aqui. E ela sorri para mim. — Você parece surpreso.

Pressiono um beijo suave na testa dela. — Surpreso não. Apenas feliz. Pela primeira vez. Depois de muito tempo.

Angel ri de novo. Eu adoro esse som. — Isso tem algo a ver comigo? — Ela brinca.

— Tem tudo a ver com você — Confesso e afago seus cabelos macios para longe do rosto.

Seu sorriso caloroso retorna. — Eu gosto disso. —

Coberta com minha capa, ela se aninha contra mim. Seguro-a com força e começo a desenhar pequenos círculos na parte de trás do pescoço com os dedos. Depois de algum tempo, apenas moldo minha palma na lateral do rosto e deslizo meu polegar para frente e para trás sobre sua bochecha. Seu corpo se contrai algumas vezes enquanto ela dorme nos meus braços. Eu não paro de acariciá-la.

As horas passam. Lentamente, a lua vagueia da minha esquerda para a direita. Ao longe, as estrelas piscam como se estivessem sorrindo para mim. Dobro um joelho e descanso o braço nele. O céu noturno nunca foi tão belo. Um cansaço pesado toma conta de mim. Para vigiar o mar em busca de qualquer sinal das sereias, não posso seguir Angel para a terra dos sonhos. Eu ignoro a atração do sono e, em minha mente, revivo o tempo que passei com ela. Faz apenas três dias, mas quando pressiono um beijo no topo de sua cabeça e descanso minha bochecha contra ela, sentindo seu suspirar feliz contra meu peito, parece que nos conhecemos há muito mais tempo.

O mar está mais calmo pouco antes do amanhecer, percebo que fiquei sentado com Angel a noite toda. E embora meus ossos estejam rígidos e frios e minhas costas doam, eu aproveitei cada minuto.

— Obrigada por tentar me ajudar, Jamie — Ela murmura.

Ouvir sua voz novamente após as horas silenciosas traz um sorriso para o meu rosto. — De nada. — Eu acaricio seus cabelos. — Você dormiu bem?

— Não, nunca esteve lá.

— O quê? — Eu franzo a testa e olho para o rosto dela. Os olhos dela ainda estão fechados. — Angel?

— É o lugar errado — Ela sussurra. —, não na selva.

— Angel? Você está acordada?

— Um lugar que você não pode alcançar... na água... não na ilha.

— O que não é.. — *Agora entendo!* Ela está falando sobre o tesouro. E ainda está dormindo. Meu coração bate mais forte. Fico com medo de acordá-la. Quando ela não fala mais por alguns minutos, eu me inclino para a orelha dela e digo baixinho: — Onde está, Angel?

Ela suspira. Seu hálito quente penetra contra a minha pele no meu colarinho aberto. — Numa caverna... as pedras que parecem um bolo de aniversário... no mar... podem encontrá-lo na maré baixa...

Rochas no mar? Norte da Terra do Nunca? A maré baixa é um problema com o Jolly Roger. Essa parte do mar é mais rochosa do que em qualquer outro lado. Nós não podemos navegar para lá. Mas se pegarmos um bote...

Algo espirra na água quinze metros à frente. As sereias. Elas finalmente chegaram.

Se elas tivessem aparecido apenas dez minutos antes, eu as teria chamado na hora. Eu teria acordado Angel e tentado argumentar com as garotas peixes para entregar nossa mensagem a Peter. Agora... eu me pergunto o que acontecerá se não o fizer.

Tenho todas as respostas. Sem ela saber, Angel me disse onde está o tesouro. Agora, é só uma questão de tempo até meus homens encontrarem as rochas que parecem um bolo de aniversário na maré baixa.

Uma das sereias se afasta de suas companheiras e nada cautelosamente se aproximando. Seu cabelo escuro flutua na água. Ela trava os olhos nos meus. Claro que ela sabe quem eu sou. E ainda assim, algo a atrai. Seus ombros emergem da água enquanto ela balança silenciosamente para cima e para baixo com as ondas suaves. Ela é curiosa, eu posso dizer. Quando seu olhar desliza para a garota nos meus braços, o reconhecimento cintila em seus olhos. Elas devem ter se encontrado antes. Ela olha para mim novamente, inclinando a cabeça. Eu dou um sorriso diferente.

Se eu não falar com ela agora, ela pode mergulhar na água e desaparecer no próximo minuto. Não haveria outra maneira de encontrar Peter Pan.

Um pensamento egoísta invade minha mente. Não preciso levar Angel para casa. Ela já me disse onde encontrar o tesouro e o baú. Eu poderia ficar com ela. Para sempre na Terra do Nunca. Comigo. Ignorando a garota peixe na água ao nosso lado, seguro a cabeça de Angel em minhas mãos e, fechando os olhos, corro os lábios por sua testa sedosa. Eu *quero* ficar com ela. Mais do que eu quero esse maldito tesouro ou o relógio.

Com uma clareza dolorosa, percebo que a fada estava certa, afinal. Estou no limite da minha maior aventura. E quero ser egoísta.

Capítulo 17

Angelina

UM MURMÚRIO BAIXINHO me acorda de um doce sonho com Jamie. Eu pensei ter ouvido a voz dele, mas poderia ter sido eu falando durante o sono que me trouxe de volta à realidade da Terra do Nunca ao amanhecer.

Os lábios de Jamie estão pressionados na minha testa e ele segura meu cabelo na parte de trás da minha cabeça. Eu olho para cima e encontro seus olhos calorosos, mas por baixo deles aparece uma certa incerteza. Talvez eu possa afastá-la com um sorriso. — Oi.

— Bom dia — Ele responde calmamente. — Você dormiu bem em mim?

— Perfeitamente bem — Asseguro. — Mas você parece cansado. Não dormiu muito, dormiu?

— Eu não dormi nada. Alguém tinha que cuidar de você. — Ele acaricia minha bochecha com os nós dos dedos.

Atrás de mim, algo espirra na água. Eu olho em volta e vislumbro um rabo de peixe azul brilhante desaparecendo nas ondas. Virando-me, sorrio para Jamie. — Aquilo era uma sereia? — Ele assente, mas não parece tão eufórico quanto eu. Sei que viemos aqui ontem à noite para ver uma, mas, por algum motivo estranho, não me lembro por quê. — Eu ouvi você dizendo algo. Você falou com ela?

Jamie olha para mim por um tempo desconfortavelmente longo antes de assentir uma vez. O que diabos está acontecendo com ele? Faço beicinho de brincadeira e esfrego para longe a ruga em sua testa. — Sobre o que vocês dois conversaram?

Mais silêncio segue. Jamie inclina a cabeça, me olhando com cautela. Então, diz com um ligeiro tom de voz: — Eu disse a ela que queria oferecer uma trégua a Peter.

— Certo... — Murmuro, subitamente confusa, e coço a sobrancelha, baixando o olhar para as rochas abaixo de mim. Alguma coisa sobre tudo isso deveria me alertar. Mas isso não acontece. — E por que você fez isso?

Jamie segura meu queixo e inclina meu rosto, então, encaro seus olhos novamente. — Angel, do que exatamente você se lembra?

— Huh? — Que pergunta estúpida é essa, pelo amor de Deus? — Como assim? De tudo. Você me trouxe aqui ontem à noite. — Um sorriso emocionante desliza para os meus lábios. — E você me beijou.

Seus traços se tornam mais sérios do que eu me lembro de ter visto. — Antes disso — Ele esclarece.

— Antes disso, estávamos no seu navio. E você me beijou lá também. — Não consigo parar de sorrir esta manhã.

— Não foi isso que eu quis dizer — Ele quase rosna para mim agora. Então, esfrega as mãos no rosto. Quando elas chegam aos meus ombros, ele me olha com muita seriedade. — O que aconteceu na sua vida semana passada? Ou no último mês? De onde você vem, Angel? — Ele fala com uma voz tão baixa que um arrepio percorre minha pele.

— Acho que estive em algum lugar, fazendo coisas. — A palavra Londres aparece em minha mente. Talvez essa seja a resposta. Mas tudo o que eu conecto são dois rostos jovens nas sombras. Não sei quem são essas garotas. E realmente não me importo. Quero desenterrar o alegre Jamie novamente, então, cutuco seu nariz com a ponta do meu. — Por que você quer saber?

Ele hesita. — Você parece diferente esta manhã.

Pareço? — Bem, depois de passar a noite com você, estou feliz. Está tudo bem com você, Capitão Gancho? — Eu o provoco e dou um beijo rápido na sua bochecha.

Ele abre a boca para dizer alguma coisa, mas nada sai e depois de um segundo ele fecha novamente. O lado esquerdo de seus lábios se contrai lentamente em um sorriso. — Eu acho que sim. — Ele se levanta e me puxa com ele, pegando minha mão e parecendo muito mais feliz do que antes. — Venha, vamos. Nós terminamos aqui.

Jamie me ajuda a subir o caminho de volta sobre as rochas, nunca perdendo a chance de me segurar por um momento depois de me levantar sobre cada vão de pedra. Pouco antes de chegarmos à terra novamente, passo meus braços em volta do pescoço dele e o beijo. — Qual o seu plano para hoje?

— Não sei. Você me diz. — Seus olhos estão brilhando agora.

Com o dedo indicador pressionado nos meus lábios, levanto a cabeça, observando duas gaivotas voando na brisa. — Hm, qual é uma boa maneira de passar um dia na Terra do Nunca? Ah, eu sei. — Balanço as sobrancelhas. — Nós poderíamos fazer um cruzeiro pela ilha. E você poderia me deixar guiar o navio.

Jamie dá sua risada que eu mais gosto de ouvir. — Vai ser fácil te agradar hoje.

— Não sou sempre?

— Não tanto.

O que quer que isso signifique... Dou de ombros e entrelaço meus dedos com os dele, balançando as mãos entre nós enquanto vagamos pelo caminho perto da costa. Depois de um tempo, Jamie envolve seu braço em volta dos meus ombros sem soltar minha mão. — Você se lembra aonde fomos ontem? — Ele pergunta.

— Claro. Fomos à floresta e você me apresentou às fadas.

— Por que razão?

Eu dou de ombros. — Para nos divertir?

Ele me olha de lado, seu humor voltando a ficar sério novamente. — Quando partimos com o Jolly Roger dois dias atrás, para onde estávamos indo?

— Contornar a ilha.

— Com qual propósito?

Paro e me viro para encará-lo, colocando as duas mãos na sua barriga. — Jamie, suas perguntas estão começando a me assustar. Qual o problema?

Ele me olha por tanto tempo que sinto o cabelo na parte de trás do meu pescoço arrepiado. Mas ele encolhe os ombros e balança a cabeça, os vincos nas sobrancelhas diminuindo. — Nada. Esquece o que eu disse.

Esquece o que eu disse... Esquece. A palavra soa com apreensão nos meus ouvidos. De repente, me sinto estranha e coloco uma mão na minha barriga. Meu olhar afunda no chão. Deveria estar em outro lugar agora? Sei que a Terra do Nunca não é minha casa há muito tempo, mas agora estou aqui e gosto. Não há razão para pensar no que fiz na semana passada ou no mês passado. Agora é o que conta. E eu estou feliz agora.

Jamie agarra meus ombros e inclina a cabeça para olhar para o meu rosto. — Você está bem?

— Sim. — Dou-lhe um sorriso atrevido. — Eu só estou com uma fome de leão.

— Vamos voltar para o navio e alimentá-la. — Com o braço em volta da minha cintura, debaixo da capa que ainda estou usando, ele me puxa para o lado dele e seguimos em frente.

Depois de algum tempo olhando para o mar, minha mente divaga para o movimentado porto e para as fadas próximas. — Ei — Falo para Jamie. — Não seria fantástico viver em uma casa na floresta, como Bri'Shán e Remona?

— Você gostou de lá?

Inclinando a cabeça no ombro dele, suspiro. — Foi lindo.

— Podemos construir uma para você. — Ele ri e dá um beijo no alto da minha cabeça enquanto caminhamos. — E, então, eu irei visitá-la todos os dias e você pode me preparar o jantar.

— Ou eu te visito no navio — Respondo, avançando e me virando. Com as mãos apoiadas no peito dele, dou alguns passos para trás e sorrio para ele. — E você pode me ensinar como ser um capitão legal. Pode me deixar usar seu chapéu novamente.

Ele pega minha mão e me coloca debaixo do braço do outro lado. — Isso vai assustar Smee, com certeza. — O pensamento nos faz rir. — Teríamos que encontrar um nome incrível de pirata para você.

— Então? Qual você tem em mente?

Jamie encolhe os ombros. — Não é algo que você apenas inventa. O nome deve descrevê-la de alguma forma. Deixe-me observá-la por mais um tempo e eu vou pensar em algo legal.

Encolho-me alegremente contra Jamie, respirando fundo seu perfume sedutor. O sol quente da manhã sorri para o meu rosto e os cantos suaves dos pássaros flutuam para nós de todos os lados. Ondas rolando vagarosamente para a costa completam esta imagem perfeita. Não gostaria de estar em outro lugar neste momento. Na verdade, não quero mais estar em nenhum outro lugar além dos braços de Jamie. Ele é o homem que eu estava esperando. Lindo, carinhoso e com a dose certa de perigo. Ele é perfeito. E estou prestes a me apaixonar por ele.

Não muito tempo depois, chegamos ao barco que Jamie amarrou a uma pedra na praia. Dando-me uma mão quando entro, ele me segue e senta-se de costas para a proa. Seus peitorais, bíceps e abdominais se contraem toda vez que ele rema. Eu poderia vê-lo fazendo isso o dia todo.

Quando nos aproximamos do Jolly Roger, o cara que geralmente fica no topo do mastro mais alto se inclina para fora da cesta e grita para a tripulação: — O capitão voltou! — Imediatamente, Barbudo, com sua bandana vermelha, e Smee, com o cabelo desgrenhado, vêm nos ajudar a amarrar o barco.

Quando todos os homens no convés veem que estou usando a capa de Jamie e como ele segura minha mão, mesmo depois de eu ter escalado o parapeito, as conversas obscenas começam e eles lançam olhares desejosos em minha direção. Alguns deles até gritam.

Acho isso divertido. Jamie, nem tanto. Ele solta minha mão e ladra para os homens: — Calem a boca, ratos imundos, e comecem a trabalhar! Leve o navio uma milha e depois vá para o norte!

A tripulação se apressa no convés, quase tropeçando nos pés uns dos outros. Eles puxam algumas cordas e no segundo seguinte as poderosas velas brancas do Jolly Roger caem e ondulam ao vento. Esticando o pescoço, olho com a boca aberta.

— Você sabe, se você não quiser morar naquela casa sozinha na floresta, sempre terei um camarote para você neste navio — Diz Jamie por trás do meu ouvido.

Eu viro minha cabeça para ele. — Boa oferta, capitão. Eu posso considerar.

— Espero que sim. — Ele massageia o local entre minhas omoplatas. — Como você está se sentindo?

Olhando para mim mesma, faço uma careta e digo a ele: — Com alguma sorte. Mas fantástica de qualquer forma.

— A tripulação normalmente pula na água para um banho rápido, mas acho que esse não é o seu estilo. — Ele sorri. — Você pode tomar banho no meu quarto, se quiser. Eu mesmo vou tomar um e mandarei Barbudo encher os baldes para você depois.

Eu assinto e o sigo com os olhos enquanto ele vai para seu camarote. Está quente demais para usar sua capa agora, então eu a tiro, estendo nas caixas em que estávamos sentados na outra noite e me acomodo para assistir os homens trabalhando no navio. É tudo tão interessante e novo. Pensando em onde eu me encaixaria na tripulação, meu olhar pousa no cara no topo do mastro. Ele está segurando uma luneta e verifica os arredores. Com minhas pequenas mãos de menina, certamente não fui feita para içar as velas ou ancorar, mas vigiar é algo que posso me ver fazendo. Eu seria um verdadeiro membro da equipe de Jamie. Uma pirata. Eu rio e estremeço animada.

A ilha está encolhendo atrás de nós enquanto navegamos nas ondas suaves. Depois de meia hora, é hora de aceitar a oferta de Jamie e me lavar. Barbudo carregou dois baldes de água pela porta alguns minutos atrás, então, Jamie provavelmente já deve ter terminado.

Colocando a capa debaixo do braço, vou até os aposentos e bato na porta. Quando ele abre, minha boca instantaneamente começa a aguar. Tantos músculos sob tanta pele nua. Meus dedos coçam para deslizar sobre seu peito.

Apertando o cinto, Jamie se afasta da porta. — Veio tomar banho? — Ele puxa uma camisa branca fresca sobre os ombros e passa os braços pelas mangas.

Por isso e pela vista deslumbrante. Eu assinto e reprimo um sorriso.

— Sinta-se em casa. Estarei em meu escritório até que você termine. — A porta ao lado da pequena mesa em sua cabine ainda está aberta e torta – apenas presa a uma dobradiça quebrada. Ele se afasta e eu corro para o banheiro. O chão está molhado do banho. Com cuidado para não escorregar, tiro meu vestido e o penduro num gancho na porta para mais tarde. Desta vez, a água está ainda mais fria, mas o sabão com cheiro de tangerina ainda cheira tão bem como sempre.

Limpa, vestida e me sentindo fabulosa, entro no quarto de Jamie, passando os dedos pelos cabelos algumas vezes para desembaraçar os nós. O lugar está vazio, então, eu espio ao virar para o seu escritório. Ele está sentado em sua cadeira atrás da mesa. Braços cruzados na superfície de madeira, está inclinado para a frente, a bochecha apoiada na dobra do cotovelo. Ao lado dele, está o grande chapéu preto de pirata com a pena fofa. Pobre rapaz – ele me disse que ficou acordado a noite toda. Agora, parece que o sono chegou.

Na ponta dos pés, chego mais perto e estudo seu rosto relaxado. Seu cabelo molhado cai sedutoramente sobre a testa, entrelaçando-se com seus longos cílios. Na sala silenciosa, suas respirações profundas e uniformes são o único som. Um sorriso se forma nos meus lábios enquanto eu me agacho ao lado dele.

Com ternura, deslizo as pontas dos dedos em seus cabelos, passo-os atrás da orelha, descendo pelo pescoço e ao longo do braço até as costas da mão. É maior que a minha. Embora ele seja o capitão deste navio, não é ele quem faz o trabalho duro, eu percebo. Ou talvez seja *porque* ele é o capitão. Suas mãos estão ligeiramente calejadas, mas limpas, suas unhas cortadas. Seus dedos parecem fortes, mas eu sei como eles podem ser gentis... quando me toca.

Quando meu olhar volta para o rosto dele, eu respiro fundo. Os olhos dele estão abertos. Azuis e curiosos, eles estão focados nos meus. Jamie não se move nem diz uma palavra. Apenas seus fios molhados de cabelo se contraem toda vez que ele pisca. Neste breve momento irreal, ele realmente parece ter dezenove anos.

Minha mão ainda está espalhada sobre a dele. Eu a afasto e começo a me levantar, mas ele enlaça seus dedos nos meus e me segura no lugar. Presa em seu olhar, não consigo desviar o olhar.

Não tenho certeza do que fazer e por não querer quebrar esse momento a sós especial, cruzo os braços sobre a mesa como ele está fazendo e apoio minha cabeça neles. Estamos cara a cara, com apenas cinco centímetros entre nós e nossos dedos unidos. Tudo o que vejo são seus quentes olhos azuis. Seu perfume me envolve. Eu o sinto mais fundo no meu coração, como se estivesse começando a conhecê-lo.

Há muito mais por trás da crueldade desse pirata. Uma parte que ele não abriu para ninguém além de mim. E estou começando a desejar essa parte dele com tudo o que tenho.

Sem interromper o contato visual, Jamie tira o outro braço de baixo da bochecha, lentamente pega o chapéu ao lado dele e o coloca na minha cabeça. Está torto e cobre meu olho direito. Eu me sinto um malandro. Um leve sorriso aparece nos seus lábios.

— Ei — Sussurro.

— Oi — Responde ele.

— Você adormeceu.

— Foi uma noite longa.

— Você quer que eu vá embora para descansar?

Ele desliza alguns fios soltos do meu cabelo para fora da minha testa e sob o chapéu, prendendo-os atrás da minha orelha. Sua mão quente se espalha sobre meu pescoço e seu polegar começa a acariciar minha mandíbula. Ele balança a cabeça. E eu sorrio.

— Vamos lá fora? — Sugiro então. — Está um dia adorável.

Arrastando um suspiro profundo, Jamie se endireita na cadeira e esfrega as mãos sobre o rosto. — Vá em frente. Vou em um minuto.

Ele parece cansado e de alguma forma desgastado. Decidindo dar-lhe tempo, levanto-me e o encaro. Devo parecer uma princesa brincando de pirata na minha roupa atual, então, coloco o chapéu de volta nele e enfio as mãos nos bolsos do meu vestido, balançando nas pontas dos pés. — Você pode me mostrar como usar o timão novamente?

— Podemos fazer o que você quiser. — Ele pega meu pulso e puxa minha mão do meu bolso. Um pequeno pedaço de papel sai com ela e espirala no chão.

Inclino-me para pegá-lo, olho-o brevemente, depois o aperto entre os dedos e o jogo na cesta ao lado da mesa. Quando me viro para sair, Jamie pega um punhado do meu vestido e me segura. — O que você jogou fora?

Dou de ombros. — Nada importante. Apenas uma etiqueta esquecida ou algo assim.

Suas sobrancelhas franzem. Ele se inclina e pega o papel da lixeira. Com os polegares, ele o alisa e o encara por um longo momento, então, seu olhar se volta para o meu. — Isso não é uma etiqueta, Angel. — Ele faz uma pausa e depois fala com mais insistência. — É uma passagem para transporte.

— Ok... — Levanto minhas sobrancelhas para ele. — Mas não pretendo ir a lugar algum.

— É uma passagem para Londres. De onde você vem.

— E?

— Então... você não deve jogar isso fora.

Dou de ombros. Se isso significa muito para ele, pode ficar com a coisa. Eu não me importo. — Vejo você lá fora — Digo, e com passadas felizes, vou para o convés.

Encontrando um lugar para ficar ao lado do parapeito, apoio meus cotovelos e olho para a água. Está clara como cristal. Sob a superfície, os bonitos recifes de coral brilham e os peixes coloridos passam rapidamente. A Terra do Nunca é tão linda. Tudo nela. Não importa de onde eu vim; eu nunca quero deixá-la de novo.

Esperando que Jamie me seguisse até aqui, olhei por cima do ombro. A porta do escritório dele ainda está aberta. Eu posso vê-lo andar pelo cômodo. Quando ele para de se mover em círculos, ergue o olhar para o teto e passa as mãos pelos cabelos. Algo o está incomodando. Ainda é sobre a etiqueta? Eu posso até ver seu peito levantando com um suspiro pesado. Então, ele apoia as mãos na mesa e abaixa a cabeça.

Mesmo sem noção, meu coração se enche de tristeza por ele. Afasto-me da grade e corro pelo convés em direção ao escritório dele. Mas antes que eu chegue lá, ele sai e para quando me vê. Seu rosto está marcado por desejo e determinação. Ele ainda está segurando a etiqueta na mão direita. Um mau pressentimento toma conta do meu estômago.

— O que há de errado? — Sussurro.

— Precisamos conversar.

Essas quatro palavras fazem meu sangue gelar.

— Há algo que você precisa saber — Ele me diz em uma voz tensa. — E vai mudar tudo.

Meu coração quase explode. Eu não quero que as coisas mudem. Gosto como está. Dou um passo para trás, balançando a cabeça. Meus joelhos começam a tremer. De repente, não quero mais saber o que está acontecendo. Eu não quero conversar, não quando o assunto está lhe causando tanta dor que aparece em todas as linhas do seu rosto. E eu percebo que é tudo a meu respeito.

— Podemos conversar sobre isso outra hora — Resmungo. — Amanhã...

Jamie me segue enquanto eu tropeço para trás. Ele agarra meus ombros e me puxa para uma parada. — Não, não podemos conversar sobre isso amanhã. Será tarde demais. — Ele passa a mão pelo cabelo inquieto e lança um olhar para o céu. — Merda, já pode ser tarde demais agora!

Todo pirata a bordo para de trabalhar por um momento e se vira para nós. Jamie nem percebe. Eu percebo. — Você não pode ficar na Terra do Nunca — Diz ele com os dentes cerrados.

Meu mundo treme. — O quê?

— Você tem que ir para casa.

— Eu não entendo. — O que realmente quero dizer é que *não quero ouvir isso*. Ele já falou o que tinha que falar?

— Este não é o lugar certo para você — Explica Jamie. — Inferno, eu gostaria que fosse, mas simplesmente não é. Você pertence a outro lugar.

— Em algum lugar onde *você não está*? É isso que você está tentando me dizer? — Eu inclino minha cabeça. — Você não me quer mais perto de você?

Ele estreita os olhos com um choque de honestidade. — Não! Deus, não! — Ele pega meu rosto entre as mãos e toca sua testa na minha, pressionando os lábios e fechando os olhos. — Eu amarraria você a mim e nunca a deixaria ir, se pudesse, Angel.

— Então, o que significa isso tudo? — Minha voz quebra nas últimas três palavras.

Jamie engole em seco. — Isto — Ele mostra a etiqueta — é um *bilhete de trem ... para Londres.* — Parece que ele está lembrando as palavras de algum lugar no fundo de sua mente. — A cidade onde você nasceu. Onde você *mora.* Você está tentando voltar desde que nos conhecemos, mas continua esquecendo as coisas do seu passado. — O rosto dele se contrai. — E eu ignorei isso.

No fundo, algo soa verdadeiro nas palavras dele, mas é tão longe que não consigo alcançá-lo. E eu nem quero tentar. — Como você acha que é de onde eu venho?

— Isso significa algo para mim, porque eu me importo com você, Angel. Prometi ajudá-la a encontrar sua casa. Apenas tente se lembrar! Está lá em *algum lugar.* — Ele tira meu cabelo da testa e o prende atrás das orelhas, descansando as mãos no meu pescoço.

De repente, ouço as vozes de duas meninas chamando meu nome. Elas saem das sombras na minha mente. Uma é um duende. A outra, segura um livro de figuras. Eu conheço essas garotas. Elas são... — Família — Eu sussurro roucamente.

Meu coração afunda nas tábuas do assoalho do Jolly Roger. Com os joelhos trêmulos, ando para trás até sentir as caixas de madeira empurrando contra minhas pernas e cair. — Mas eu não quero ir — Suspiro enquanto Jamie se agacha na minha frente.

— E eu não quero que você vá. Durante toda a noite, eu estava pensando em maneiras de mantê-la. Você é a melhor coisa que já tive. Mas agora, percebo que é egoísta forçar você a ficar.

Ele não teria que me forçar. Eu *quero* ficar com ele. Eu quero sentir seu calor enquanto seus braços me envolvem. — Seja egoísta então. Eu não ligo.

— Caramba, Angel, eu tentei! — Ele suspira. — Mas eu não posso ser egoísta com você...

— Por que não? Você é um pirata. Você foi egoísta a maior parte da sua vida.

— Sim. Sobre coisas que nunca realmente me importaram. Com você é diferente. — Ele cai de joelhos, as linhas duras do rosto ficando mais suaves. — Eu quero que você seja feliz... mais do que eu quero você para mim mesmo.

— E você acha que eu ficaria feliz se você me mandasse de volta para... onde quer que eu seja?

— De volta a Londres. Sim. É um mundo cheio de

maravilhas. Você tem navios sobre rodas que andam com uma velocidade incrível. Seus cavalos podem ter asas, porque você voa em carruagens. — Os olhos dele se arregalam com novo entusiasmo. — As caixas escrevem cartas para você e você pode conversar com pessoas de todo o mundo através de pequenas coisas que você chama de *John*.

Lembro-me vagamente de segurar um desses dispositivos no ouvido e conversar com alguém, mas tenho certeza de que não o chamei de *John*. Fazendo uma careta, luto para lembrar mais dessas coisas sobre as quais ele está falando. Eu posso ouvir algumas buzinas em minha mente. E os sinos de um relógio.

Jamie pega minha mão e torce meu pulso. — Veja isso.

Olho para a tatuagem no meu antebraço. Está quase desaparecendo. Apenas a primeira letra e algumas estrelas do pó ainda estão visíveis.

— Sua irmãzinha deu a você. — Ele procura meu rosto. — Ela é tudo para você. Ambas as suas irmãs são. Depois que elas nasceram, você as carregava o dia inteiro como se fosse a mãe delas. À noite, você entrava furtivamente no quarto delas com sua roupa de cama e dormia no chão ao lado de suas camas. Você as chama de coelhinho e fada vespa, mesmo que eu ache que isso é mais um duende.

Paulina e Brittany. — Como você...

— Como eu sei? Pense, Angel! Você me contou tudo sobre sua vida na outra noite e me fez prometer recontá-la. Você sabia que esqueceria seu mundo. A

Terra do Nunca está fazendo isso com você. Ela quer que você esqueça. — Ele molda as mãos nas minhas bochechas e toca sua testa na minha. — Estou cumprindo minha promessa. Agora, não torne isso mais difícil para mim do que já é.

Sim, ele manteve sua promessa. Todas as nossas conversas dos últimos dias repentinamente ressurgem com clareza cristalina. Tudo o que ele me contou sobre Peter Pan e o pai deles. Tudo o que eu disse a ele sobre o meu lar, minha casa e minha família. Meu coração se enche de saudade de minhas irmãs. Eu sei de onde eu venho. Lembro por que preciso voltar. Mas acima de tudo, lembro-me do que Jamie recebe com esse acordo se ele puder me levar para casa.

Minha voz cai para um nível gelado. — Você está fazendo isso apenas porque quer que eu lhe diga onde está o tesouro.

Capítulo 18

James

QUE DIABOS... Eu respiro fundo. — Angel, você está louca?

— Eu nunca estive tão lúcida desde que cheguei à Terra do Nunca. — Ela se levanta da caixa e me olha com veneno em seu olhar. — Você prometeu me levar para casa. E, por sua vez, você quer que eu lhe diga onde encontrar esse seu tesouro estúpido.

Meus ombros caem. — Sim, prometi. Mas não é por isso que estou tentando ajudá-la agora.

— Não? Então por que, *Capitão*? Porque de repente cresceu um coração em você? — Ela ri. O som é amargo. — Acho que não.

— Angel...

— Você sabe o quê? Acho que você tem medo de que por eu esquecer as coisas, nunca encontrará o que deseja. E não tenho mais utilidade para você.

Mal posso acreditar que ela quis dizer o que está dizendo. Depois do que tivemos nos últimos dias. O que havíamos nos tornado. Levantando-me, agarro seus ombros e a sacudo uma vez, fazendo-a olhar para o meu rosto. — Isso é *besteira*. E você sabe disso!

— Até dez minutos atrás, eu sabia que realmente gostava de estar com você. E você vai jogar tudo fora. Porque você é egoísta!

Porra, pela primeira vez na minha vida *não* estou sendo egoísta e aqui está o que eu ganho por isso. Mas não vou deixar que essa garota boba se safe de menosprezar meus sentimentos por ela. Envolvendo meus dedos em seu pulso, eu a levo escada abaixo para o convés principal, do outro lado e até o convés dianteiro. Acabamos de passar pela Lagoa das Sereias e ainda estamos indo para o norte. Empurrando-a contra o parapeito da proa do navio com meu corpo, rosno em seu ouvido: — Onde você acha que estamos navegando, Angel? O que há lá fora?

A tensão em seu corpo revela o quão brava ela realmente está comigo, mas ela fica em silêncio por um momento e apenas olha para a frente.

— Você sabe o que está escondido aqui. O que só podemos encontrar na maré baixa. — Eu luto para manter a voz calma novamente enquanto a giro para me encarar. — Há um tesouro enterrado debaixo d'água, não?

Sua boca e olhos se arregalam. Ela respira fundo algumas vezes, suas mãos encontram equilíbrio nos meus antebraços. — Você já sabe?

— Caramba, sim, sei. Quer saber como eu descobri? — Eu tomo seu silêncio como um sim. — Você falou de novo enquanto dormia nas rochas encostada no meu peito e braços. Comigo cuidando de você a noite toda.

Angel engasga. — Mas por que você não me contou? — A onda de pensamentos engole seu sussurro.

— Eu te disse: porque queria ser egoísta. Você estava completamente diferente esta manhã. Você esqueceu. E eu queria mantê-la comigo. Mas, droga, Angel, não posso ser egoísta com você! — Cerro os dentes. — Eu simplesmente não posso.

Ela não diz uma palavra por um tempo insuportavelmente longo. *Vamos lá*, eu quero gritar com ela. *Você tem que ver que estou dizendo a verdade!*

Eventualmente, suas mãos deslizam para longe dos meus braços. Ela engole em seco e as lágrimas começam a brilhar em seus olhos. — Se eu for para casa, nunca mais vou te ver.

Minha garganta aperta. — Eu sei. — E esse pensamento me mata. Eu a abraço e descanso meu queixo no topo da sua cabeça. — Mas você vai ver suas irmãs. Você será feliz novamente. E um dia você vai me esquecer e continuar a viver sua vida em Londres como antes. — Eu não quis que isso soasse tão triste. No entanto, minha tentativa de acalmar suas culpas deram efeito inverso. Suas lágrimas quentes penetram na minha camisa.

Desta vez, não estou dizendo para ela parar de

chorar. Eu apenas a seguro por um longo tempo, acaricio seus cabelos e luto para me livrar da bile na minha garganta. Se todas as decisões certas doerem tanto, eu juro que não vou tomar outra na minha vida.

— Capitão! — A chamada de surpresa de Barbudo chega a nós. — É Pan!

Ainda não liberando Angel, olho por cima do ombro. Peter Pan chegou mesmo. Ele está sentado na verga do mastro da frente do navio, os pés balançando, um sorriso estúpido colado em seu rosto como sempre. Ele está discutindo com Smee sobre se vai urinar na cabeça dele ou não.

Barbudo puxa uma pistola do cinto e aponta para Peter. — Guarde isso, Brant Barbudo — Grito para ele. Então, eu dou um beijo suave atrás da orelha de Angel. — Sua passagem para casa chegou.

Ela suspira e esfrega as bochechas quando eu a solto. — Como vamos fazê-lo me ensinar?

— Deixe isso comigo. — Pego a mão dela e caminho até o mastro de Peter. Logo abaixo, inclino a cabeça e grito: — Pan, seu bastardo imundo! Desça aqui!

— Muito sutil — Angel resmunga atrás de mim.

— O quê? É a melhor maneira de chamar sua atenção. — E com certeza funciona.

Peter para no meio da frase e move seu olhar para mim. — Essa é sua ideia de uma trégua? Seu pirata de estimação ameaçando cortar meus dedos das mãos e pés um por um e seu cão de guarda tentando me matar?

— Uma trégua? — Metade da minha tripulação

deixa escapar de uma só vez.

— Controlem-se, homens — Rosno para eles. — Isso é apenas temporário. — Então, eu chamo Peter: — Ninguém vai tocar em você. Desça e conversamos.

— Ah, acho que não. Na verdade, estou gostando da vista aqui em cima — Ele responde. — Diga-me o que você quer, Jim Hook Fedorento, e é melhor que seja algo bom, ou vou embora com a próxima brisa.

Sempre o mesmo, sempre o mesmo. Sem novidades. Estou tentado a puxar a pistola de Brant Barbudo e atirar no garoto. Por amor a Angel, eu controlo meu temperamento. — *Eu... nós* precisamos da sua ajuda para mandar Angel de volta ao mundo dela.

— De volta ao mundo dela? O que há de errado com o seu? A última vez que a vi, ela estava muito feliz por ser uma pirata.

— A última vez que você a viu, ela estava pendurada sobre lanças afiadas e você simplesmente foi embora, seu pedaço de merda desagradável!

Peter estala na língua e ri secamente. — Por que você está desperdiçando meu tempo, Gancho?

Angel aperta minha mão. Virando-me, eu encaro sua carranca desaprovadora. Tudo certo. Vou tentar isso de forma diferente então. — Escute — Grito para Peter e belisco a ponte do meu nariz. — Eu sei que você acha que Angel te traiu. Mas você está errado. Eu a sequestrei, a levei para o meu navio e a fiz caminhar comigo pela selva para me mostrar sua toca. Ela não revelou onde você morava nem onde o tesouro está escondido, embora eu a tenha ameaçado de morte. — Faço uma pausa e limpo a garganta. Agora vem a parte complicada. — Angel precisa aprender a voar para chegar em casa. Você é a única aberra... — Me interrompo e corrijo rapidamente: — O único *cara* que conheço capaz de voar sem asas. Quero que você a ensine. — E, então, acrescento através dos dentes cerrados: — *Por favor.*

Atordoado, Peter hesita um longo momento. Mas algo deve ter impressionado ele, porque ele desliza da verga e desce para o convés. Desconfiado, como sempre, ele cuida para ficar fora do alcance de qualquer pessoa e pula no parapeito.

Seu foco é apenas em Angel. — Por que você quer voltar? — Ele pergunta com uma voz mais amigável do que quando ele estava falando comigo.

Angel passa por mim, mas ela não solta minha mão. — Porque eu tenho uma família, Peter. Uma mãe e um pai que estão me esperando. E duas irmãzinhas. Isso partiria o coração deles se eu não voltasse.

É uma coisa inteligente incluir a família com Peter. Isso o lembrará do quanto ele sentiu falta da mãe quando ela o deixou para trás. Mas, para Angel, é a verdade, afinal. Há pessoas esperando por ela. Pessoas que cuidam dela. Eles devem estar preocupados do fundo da alma.

Peter inclina a cabeça. — E por que você precisa voar para voltar?

— Uma fada disse que só posso deixar a Terra do Nunca do jeito que vim para cá.

Assentindo, ele levita alguns pés para cima, cruza as pernas como se estivesse sentado no chão invisível e coloca os dedos sob os lábios. — Sei de uma maneira de fazer você voar. Mas você está com meu inimigo. Por que eu deveria ajudá-la?

— Porque eu tenho algo que você quer — Respondo por Angel.

O olhar de Peter passa para mim e ele cai mais baixo. Tomando uma postura ampla no parapeito novamente, ele coloca as mãos nos quadris. — E o que seria isso, Gancho?

Com a mandíbula apertada, pego a gola e puxo a chave. Com um empurrão, rasgo a corrente. O sol reflete no metal enquanto está deitado na minha palma aberta. Um sorriso malicioso surge nos lábios de Peter. Seus dedos se contraem e ele voa para mais perto, mas eu fecho meu punho em torno da pequena chave antes que ele possa agarrá-la. — Quero sua palavra de que você ajudará Angel.

— O que é minha palavra para você, pirata? — Ele grita.

Espero até que ele me olhe nos olhos e finalmente digo em tom severo: — Dê-me sua palavra como meu irmão e confiarei em você.

A indecisão luta com avareza nos seus olhos. Ele quer a chave, mesmo que tudo isso ainda seja apenas um jogo estúpido para ele. Mas ele também se importa com Angel, tanto que posso ver pelo seu olhar. — Tudo certo. Como seu irmão, prometo fazer Angel voar antes que a noite caia — Diz ele. — Se ela não puder ir para casa, ainda fico com a chave.

Angel lança um olhar desconfortável para mim. Ela está preocupada achando que não vai conseguir fazer isso tão rápido? Eu fecho meus dedos com mais força em sua mão, assegurando-a com um aceno de cabeça. Ela consegue. O único problema é que eu esperava passar outro dia com ela. Mais uma noite. Apenas algumas horas em que eu poderia tê-la sozinha e segurá-la.

Mas isso é mais importante do que meu desejo. Nós dois concordamos ao mesmo tempo, concordando com os termos de Peter.

— OK. Venha aqui, Angel, e traga a chave — Peter ordena, agora com seu sorriso estúpido novamente. — Vou te levar para a selva. Vamos treinar lá.

— O quê? Não — Ela protesta e se aproxima de mim. — Por que não podemos treinar aqui?

— Porque você precisa de pó mágico para voar. — Ele enfia a mão nos bolsos e os vira de dentro para fora, fazendo uma careta irônica. — E eu não tenho nada comigo.

— Traga a duende aqui, então — Rosno. — Garanto que ninguém a bordo a prejudicará.

— Certo. Conte-me outra! — Peter ri e desliza alguns centímetros para cima. — Ela é jovem, mas não é burra. Ela nunca virá ao seu navio.

— Então, eu vou acompanhar Angel.

A risada sai da garganta de Peter. — Vou levar *ela* comigo, não você.

Passo meu braço em volta dos ombros de Angel e a coloco ao meu lado. — Se ela for, eu vou.

Peter assiste com olhos de falcão enquanto deslizo a chave no bolso. — Certo. Vou ver o que posso fazer sobre isso. Mas se Tameeka vier, os Garotos Perdidos virão. É melhor você levar o navio de volta para a costa. Ancore na Lagoa das Sereias. Estaremos lá em uma hora.

Não espero até que Peter voe para longe, mas me viro e grito o comando para atracar o Jolly Roger na Lagoa das Sereias. Se Peter realmente quer colocar os dedos na chave do meu peito, é melhor que seja pontual – e traga a duende. Não vou perder a chance de destruir esse maldito relógio e quebrar o feitiço por nada. Quero Angel em casa em segurança até o final do dia. E, depois, eu só quero me afogar nas águas poluídas por tubarões.

Capítulo 19

Angelina

JAMIE FICA PERTO DE MIM junto ao corrimão, com as mãos apoiadas na madeira. A cada poucos minutos, ele olha para o céu e verifica a costa vendo se alguém se aproxima. Aproximo-me dele e acaricio suas costas. Ele não se vira, mas passa o braço em volta dos meus ombros e me puxa para o lado dele.

— Algum problema? — Pergunto e inclino minha cabeça, procurando seu rosto.

— Não.

— Você parece inquieto.

Ele solta um suspiro profundo. — Estou apenas tentando me manter ocupado, para não pensar no fim do dia de hoje. — Seus olhos encontram os meus. Depois de um breve sorriso forçado, ele beija minha testa.

— Sim, eu também — Sussurro. Mesmo que eu esteja feliz por finalmente ter encontrado uma maneira de chegar em casa e ver minhas irmãs novamente, sei que vou sentir falta de Jamie de um jeito que me deixará sofrendo por um longo tempo. Mas fiquei aqui tempo suficiente. Há uma vida fora da Terra do Nunca me esperando. Tenho que ir.

O grito de uma águia ao longe nos faz virar para o leste. Peter está chegando. E com ele, segurando sua mão, está Tameeka, a duende de cabelos louros.

— Deixem os Garotos Perdidos virem a bordo — Jamie fala para Smee, que então estende a prancha junto com Fin Flannigan. — Lembrem-se do que eu te disse. São circunstâncias excepcionais. Ninguém vai matar Peter ou os Garotos... hoje.

Um rosnado agitado passa pela tripulação. Eles não estão felizes com a situação, mas nunca se rebelam contra o capitão. E desde que fui oficialmente chamada de garota do capitão depois que voltamos da lagoa hoje de manhã, todos estão dispostos e alguns até felizes em me ajudar. Sei disso porque Jack Smee sutilmente acena para mim enquanto Jamie e eu esperamos para ver nossos convidados a bordo. Ele até me dá um sorriso encorajador.

Estou sendo social com os piratas. Quem pensaria que isso seria possível?

Skippy, Toby, Loney, Stan e Sparky entram no convés e se amontoam junto ao passadiço atrás deles. Deve ser estranho estar em um navio pirata por vontade própria. Por mais livre que tenha sido, provavelmente nunca vou saber.

Stan corre o zíper do colete de pele de urso para cima e para baixo. Quando olho nos seus olhos, suas bochechas ficam vermelhas. — Ei, Angel — murmura. — É bom ver você novamente. E viva também.

— Oi, Stan — Respondo e dou a ele um sorriso verdadeiro.

Esfregando a parte de trás do pescoço, ele baixa o olhar para as tábuas do chão. — Sinto muito por não ter ajudado você na selva.

— Esquece. Você não podia fazer nada. — E para garantir a ele que eu realmente falo sério, chego-me perto dele e o abraço. Quando me afasto, ele está sorrindo como um guaxinim. — O que houve? — Eu exijo.

O vermelho em suas bochechas se intensifica. — Você parece uma garota.

— Sim — Skippy concorda, coçando sua grande orelha esquerda. — O vestido fica muito melhor em você do que aquelas calças elegantes que você usava da última vez.

Atrás de mim, Jamie ri baixinho e lanço um olhar por cima do ombro. — Você concorda com isso, não? — A risada dele diminui para um sorriso. Estou totalmente apaixonada por esse meio sorriso desonesto.

Quando eu volto, Peter e Tami pousam perto dos meninos. A visão da duende dá uma pontada no meu coração. Ela me lembra muito minhas irmãs mais novas. Um desejo forte toma conta de mim. Estou pronta para começar a aprender. Eu quero ir para casa.

O olhar de Tami encontra o meu por um longo momento. A última vez que nos conhecemos, ela correu gritando comigo porque pensava que eu era uma pirata. O que ela pensa agora que estou segurando a mão do capitão Gancho? Lentamente, os cantos da sua boca se curvam. — Olá, Angel — Diz ela em sua voz de sino. — Não achei que nos encontraríamos novamente. Peter estava nos deixando loucos falando sobre nada além de você. Bem, Peter e Stan. — Ela olha para os meninos e todos riem. Não achei que Stan pudesse corar ainda mais, mas estava totalmente errada. Ele está brilhando como um tomate agora.

Inclino minha cabeça e olho para Peter confusa. Ele encolhe os ombros. É bom ver que ele não estava tão bravo a ponto de não falar de mim. — Obrigada por virem — Digo a todos.

Peter assente. Então, ele estende a mão para Jamie, e eu quase acho que ele quer que a aperte. Mas é claro, Jamie puxa a chave do bolso e a coloca na palma de Peter. — É melhor você cumprir sua palavra, irmãozinho — Diz ele.

— E é melhor você encontrar uma tripulação que não feda tanto — Peter responde com uma careta zombeteira.

Eu rio, mas paro imediatamente com o rosnado baixo de Jamie. — O quê? — Eu sussurro. — Ele tem razão.

Peter bate palmas, chamando nossa atenção. — Agora que todo mundo está aqui e tudo está resolvido, vamos começar?

Uma onda de emoção toma conta de mim. — Estou pronta.

— Bom. Primeiro você precisa saber o básico. — Ele agarra Tami e eu pelos pulsos e nos leva para o meio do convés, afastando alguns piratas com cara de mau. — São necessárias duas coisas para voar. Primeiro, você precisa encontrar o pensamento mais feliz em sua mente e se concentrar nele. Estou avisando, segure-se a isso sempre. Se você o perder, você cairá.

— Pensamento feliz, entendi — Digo e já sei o que será para mim, lançando um breve olhar sobre a cabeça de Tami para Jamie. Nervosamente, fecho as mãos na frente do estômago. — Qual é a outra coisa?

Peter balança as sobrancelhas. — Pó de duende. — Quando ele bagunça o cabelo de Tami, uma suave chuva de ouro pulveriza seus ombros e as tábuas do chão aos seus pés. Ele pega um pouco nas mãos em concha e derrama sobre mim. Cheira a amoras e mel e a poeira me faz espirrar duas vezes.

— Tudo certo. Agora, tente voar!

Eu olho para seus olhos expectantes. — Bem desse jeito?

— Sim — Ele reafirma. — Simples assim. — Com um pequeno impulso de suas pernas, ele levanta no ar. Parece tão fácil quando ele faz isso.

Cheio de entusiasmo e pensamento da última vez que Jamie me beijou, dobrei meus joelhos levemente e me impulsiono, dando um pequeno salto para frente. Mas, em vez de voar para o céu, caio de pé novamente. Tento bater os braços para cima com o próximo pequeno salto, de novo e de novo, passando pelos Garotos Perdidos até voltar à minha posição original.

Meus ombros caem e minha boca se curva.

— Talvez você precise de mais pó de duende — Peter sugere e bagunça o cabelo de Tami novamente. Quando isso ainda parece pouco para ele, ele pega a duende pelos pés dela e voa com ela sobre mim. Ele a sacode de bruços sobre a minha cabeça. Gritando e rindo ao mesmo tempo, Tami protesta, mas ele a ignora até que seu vestido de folhas de hera cai sobre o peito, revelando sua calcinha branca. A tripulação e os Garotos Perdidos riem e assobiam.

— Me coloca no chão, Peter! — Tami repreende e ele a coloca de volta.

Eu pego o sorriso de Jamie atrás dela. — Você está parecendo uma calêndula — Ele me diz. Com toda a poeira de duende no meu vestido, eu realmente pareço.

Eu tento outro salto, mas quando também não funciona, Peter pega minhas duas mãos e me levanta com ele. — Agora, se isso não for suficiente, não sei o que fazer com você.

Não tenho tempo para dizer nada, porque no instante seguinte ele solta meus pulsos. Um suspiro me escapa quando eu caio da altura de dois metros. Jamie me pega, me segurando rente ao seu corpo. Ele olha nos meus olhos e brinca: — Você quer fazer isso de novo?

— Não!

Com um baque, Peter pousa ao nosso lado. — Sério, Angel. Com toda essa poeira de duende, você poderá voar até a lua e voltar.

Eu faço uma careta. — Você acha que algo está errado comigo?

— Não com você, mas talvez com seu pensamento feliz. O que você escolheu?

Um calor passa pelas minhas bochechas. Prefiro não contar na frente de todos. Mas o sorriso no rosto de Jamie confirma que *ele* sabe. — Talvez pensar em mim não a faça feliz o suficiente? — Ele ronrona no meu ouvido.

Ele estava apenas brincando, mas há algo verdadeiro sobre o que ele disse. Meu rosto cai. — Você está certo — Sussurro. Sempre que eu olhava para Jamie na última hora, meu coração doía de desejo por ele. — Logo irei embora da Terra do Nunca e nunca mais vou te ver. Como isso pode ser um pensamento feliz?

Seus olhos estreitam, mas eu sei que ele me entende. — Talvez você deva escolher algo pelo qual possa esperar. Como sua casa. Ou...

— As gêmeas — Termino por ele e um sorriso já aparece nos meus lábios. A risada delas soa na minha mente, enchendo meu peito de calor. Quando fecho meus olhos, acho que só tenho que estender a mão e posso tocá-las. Paulina e a fada vespa. Se eu fizer isso direito, vou vê-las daqui a pouco.

Gritos e assobios altos de repente soam de todas as direções. Quando abro os olhos novamente, Jamie está de joelhos na minha frente – ou, pelo menos, presumo quando olho para ele. A verdade é que comecei a levitar pensando apenas em minhas irmãzinhas. Jamie sorri e puxa meu tornozelo quando me afasto dele. — Não tão rápido, jovem. Você está praticando no navio. Mas se você não souber controlar... isso... — Ele gesticula para cima e para baixo com a outra mão —, não gosto de você levitando para fora do navio.

Eu aceno e tento me apegar a esse pensamento especial que me faz voar. Peter desliza para o meu lado e explica como dirigir no ar. — Você faz o mesmo quando caminha em uma direção diferente. Você apenas — Ele encolhe os ombros — muda de direção.

A uma velocidade lenta, giro em torno de Jamie duas vezes e novamente na outra direção. — Ok, acho que entendi. Agora, como faço para acelerar?

— Deseje ir para frente.

Não sei como. Remar com os braços não me leva a lugar algum. Nem pedalar com os pés.

— Com seus pensamentos você controla seu corpo. Com sua mente, você apenas dá um pequeno empurrão. — Na última palavra, Peter me empurra pelas costas e eu passo através do convés, mirando diretamente na porta dos aposentos de Jamie.

— Ah não!

— Sobe! — Peter me diz, voando ao meu lado. — Levanta a cabeça, olha para cima e siga essa direção!

Sigo. E de repente, a porta se foi e o navio inteiro também. Há apenas um céu azul sem fim à frente e o vento bate na minha cara. — Uhu! — Eu rio alto e giro no ar.

Peter fica perto ao meu lado o tempo todo. Seus olhos brilham com orgulho. É contagioso. — Eu consegui! — Eu grito e giro novamente.

— Sim! Sim! Mas isso é apenas o começo. Agora, precisamos trabalhar um pouco mais suas habilidades. Venha comigo e tome cuidado para não perder seu pensamento feliz.

Seguindo-o até o pequeno ponto que é o Jolly Roger, concentro-me na risada de Paulina e Brittany. É fácil o suficiente. Como se estivessem me chamando para casa.

Na frente dos aposentos de Jamie, eu o encontro conversando com Smee e segurando algo na palma da mão. Algo minúsculo. Não consigo ver o que é, mas eles parecem envolvidos em uma conversa profunda. Com uma volta rápida logo acima das tábuas do piso, navego e agarro o chapéu de Jamie.

— Ei — Ele grita atrás de mim e ri. — Devolva isso, sua... ladra!

Chegando ao convés, coloco o chapéu na cabeça e vou até Jamie. Na ponta dos pés, olho nos olhos dele. — Pirata — Eu o corrijo e sorrio.

Ele tira meu chapéu, franzindo os lábios de maneira zombeteira. — Certamente.

Quando Peter me chama para me ensinar as melhores artes de voar, Jamie dá um rápido beijo na minha bochecha. — Divirta-se. Preciso que Smee me ajude com algo em meu escritório. Vejo você em meia hora.

Eu aceno e corro para Peter. Ele me diz para focar no meu pensamento feliz novamente e levantar alguns metros. Então, ele me faz imitar seus movimentos.

Esquerda, direita, esquerda, cima, baixo, esquerda, cima, um giro e uma cambalhota. É divertido. Subo um pouco mais alto, dou uma pirueta e danço um pouco mais. Então, eu corro com Peter ao redor do navio. Ele está gostando tanto quanto eu. Aumentamos e diminuímos a velocidade, para frente e para trás. Eu me sinto mais segura a cada minuto que passa. Tremendo de tanto rir, deslizo tão perto das ondas que consigo ver meu feliz reflexo na superfície brilhante. A água espirra para a esquerda e para a direita quando abaixo a mão e a corto.

Subindo de novo, vejo como Brant Barbudo se esconde atrás de Tami com um sorriso animado, agarra seus ombros e a sacode tão rapidamente que a poeira dourada cai de seus cabelos. Ele coloca um pouco do chapéu de couro de Fin Flannigan e derrama tudo sobre si mesmo. Então, ele dá alguns saltos parecidos com duendes, dançando como uma bailarina feia de doer ao redor do navio. Não voando, mas flutuando muito longe em seus saltos, parece que ele está tendo a maior felicidade de sua vida. Tami faz uma carranca média de duende e balança o dedo para ele.

Isso me faz rir mais alto. Voar é uma emoção que dispara pelo meu corpo em ondas. Eu sorrio para Peter e aceno com a cabeça para o mar. Ele assume o desafio com um brilho nos olhos e corremos em direção ao horizonte. Quando olho para baixo, vejo Melody zunindo na água como um golfinho embaixo de mim. Um momento depois, ela se solta das ondas, pulando alguns metros para cima, e nós batemos uma na outra antes que ela caia e mergulhe novamente. Seu esguicho d'água bate no meu rosto. Voar é inebriante! Nunca quero parar.

— Temos um talento natural aqui — Peter aplaude ao meu lado. — Acho que você está pronta. Se você for assim, tenho certeza que encontrará sua casa.

Concordo e voltamos ao Jolly Roger. — Você vai voar comigo? — Pergunto a ele.

— Posso ir até certo ponto. Provavelmente alguns quilômetros, mas não tudo.

Pousamos no convés. Smee está do lado de fora agora, obviamente terminou com o que Jamie queria fazer. Ao lado dele está Loney, com as mãos enfiadas nos bolsos. Ele sorri para Smee e o cutuca nas costelas com o cotovelo. — Nunca pensou que nos tornaríamos amigos um dia, não é?

Jack Smee olha para a frente enquanto puxa a espada e coloca a lâmina contra a garganta de Loney. — O capitão disse para não matar os Garotos — Afirma em uma voz indiferente. —, ele não disse que não poderíamos cortar suas línguas se ficássemos irritados.

Loney engole em seco e se afasta alguns passos de Smee e fora do alcance de sua espada. Sinto vontade de rir ao ver Smee embainhar a espada novamente e direcionar um sorriso presunçoso para ninguém em particular.

Procurando por Jamie, eu me viro e o encontro logo atrás de mim. Suas mãos estão cruzadas atrás das costas. — Então, você está pronta para ir agora? — Ele está sorrindo, mas eu sei que é forçado.

Eu dou de ombros e faço uma careta. — Eu acho.

Respirando fundo, ele pega minha mão e me leva ao resto da tripulação e amigos de Peter. — Você provavelmente quer dizer adeus a alguns deles.

Como não conheço a maioria dos piratas muito bem, apenas aceno para eles e agradeço por não terem me matado. Mas aperto a mão de Jack Smee e abraço o alto e magro Batata Ralph. Ele cheira a cebola e bacon.

Então, me viro para os Garotos Perdidos e Tami. A duende agarra minhas duas mãos e bate suas asas de borboleta até estarmos ao nível dos olhos. — Tenha uma boa viagem para casa, Angel! — Ela me deseja e sorri como apenas uma criatura de conto de fadas pode fazer. Balançando a cabeça, ela despeja uma camada extra de poeira de duende. Enquanto ela se afasta, eu ando até Loney.

Ele permanece em silêncio, mas me abraça com força, depois, me entrega a Skippy, Toby e Sparky. O último da fila é Stan. — Você foi a melhor garota perdida que já tivemos — Diz ele com um beicinho triste.

— Porque eu fui a *única* garota perdida que vocês já tiveram — Declaro e consigo provocar um sorriso nele. Então, beijo a bochecha dele e aceno para todos eles, quando eles deixam o navio na prancha que leva à costa. Peter é o único que permanece a bordo.

— Você está pronta? — Ele me pergunta.

— Não exatamente. — Eu me viro e vejo os olhos de Jamie do outro lado do convés. Sem desviar o olhar dele, digo a Peter: — Me dá um minuto com o capitão, para que possamos ir.

Jamie está me esperando perto das caixas de madeira. Lentamente, eu ando até ele, sentindo como meu pensamento feliz desaparece quanto mais eu vou. Quando eu estou na frente dele e ele olha para mim com olhos tristes, punhos gigantes parecem apertar meu peito.

— Bem, acho que é o fim — Murmuro.

Ele assente e respira fundo. — É.

— Quero lhe agradecer, Jamie. Sei do que você está desistindo para que eu possa ir para casa.

— Ah, está tudo bem. Estou vivendo para encontrar esse maldito tesouro e o relógio há tanto tempo que mais alguns anos não vão me matar. — Rolando os olhos, Jamie encolhe os ombros. — Peter não sabe o que fazer com o relógio. Eu só tenho que encontrar a chave agora.

— Sim. Um jogo sem fim, hein?

Ele ri e toca na minha mandíbula com a articulação dos dedos. — Isso é o que a Terra do Nunca é, amor.

Sua última palavra me faz sorrir. — Não seja muito duro com Peter — Digo a ele.

Jamie acena. — Ah, ele consegue lidar com isso.

Parece que estamos falando de coisas triviais, apenas para evitar falar a única palavra que ambos tememos. *Adeus.*

Um momento depois, os olhos de Jamie ficam sérios. — Está na hora. Você deve ir agora para chegar em casa antes de adormecer e esquecer tudo de novo.

Eu concordo. Então, me abraço porque sei que se o tocar agora, as lágrimas vão derramar e eu não serei capaz de fazê-las parar.

— Mas antes de você partir, tenho algo para você. — Ele enfia a mão no bolso do peito e puxa uma pequena coisa vermelha em uma corrente de prata.

— O rubi — Suspiro. De alguma forma, ele conseguiu fazer um pequeno furo na gema e enfiar a corrente. Eu me pergunto se era isso que ele estava fazendo com Smee em seu estúdio enquanto eu aprendia a voar.

— Não é muito. A única coisa que me resta do meu tesouro. — Jamie coloca o coração de rubi na minha pele nua e prende o elo atrás do meu pescoço. — Mas acho que é o suficiente para você se lembrar de nós. De mim. Dos piratas. E de Peter — Ele acrescenta com um grunhido brincalhão e revira os olhos. Então, ele pega meu rosto entre as mãos e toca sua testa na minha. — Foi um prazer tê-la a bordo, Angelina McFarland *Calças-Bacanas*.

Estendendo a mão para os braços dele, dou uma risadinha, embora não sinta vontade de rir. Eu sinto que estou me separando.

— Ok. E, agora... pense em algo feliz. — Com isso, ele toca seus lábios muito gentilmente nos meus. Eu envolvo meus braços em torno dele e ele me esmaga em seu peito por um longo momento. Depois, ele solta e eu me afasto.

Peter pousa no parapeito ao meu lado. Ele estende a mão e me ajuda a levantar. Quando suspiro e me viro para olhar o horizonte, meu peito dói tanto que acho que há pedras lá dentro que vão me puxar para debaixo d'água assim que der um passo à frente, para fora da grade.

— Um pensamento feliz, Angel — Jamie diz suavemente atrás de mim. Ele passa os dedos pelas costas da minha mão. Eu não me viro para ele. Não posso. Da parte mais profunda do meu coração, puxo o pensamento do riso de minhas irmãs e espero até que a leveza de antes venha sobre mim novamente. Então, eu lentamente levanto no ar com Peter ao meu lado.

— Vou sentir sua falta, Jamie — Digo. Mas não olho para trás.

Capítulo 20

James

NÃO SEI por quanto tempo fico parado no parapeito observando o céu que engoliu a única garota pela qual já senti algo. Toda vez que penso em seu nome, em sua mão macia na minha bochecha ou mesmo em sua voz suave, uma espada invisível perfura meu coração novamente. Parece que estou sangrando até a morte por causa da dor.

— Capitão, a tripulação quer saber quando vamos zarpar novamente.

Eu me viro para Jack. O rosto dele está tenso. Embora ele não sinta a dor que estou sentindo, ele entende. Colocando uma mão no meu ombro, seus olhos se enchem de empatia. — Foi melhor para a moça, você sabe — Diz ele.

Eu assinto e me afasto da grade. — Já ancoramos

por tempo suficiente! Leve-o para fora, seus ratos miseráveis! — Grito para a tripulação. Apenas minha voz quebra no meio da frase. Não consigo me livrar da bile na minha garganta. Beliscando a ponte do nariz, digo a Smee por entre os dentes cerrados: — Assuma o controle.

Depois que ele se vai, levando os homens a zarpar e leva o navio para fora da Lagoa das Sereias, desço pelas caixas de madeira, me inclino para trás e olho o céu. Aqui eu beijei Angel pela primeira vez. Um sorriso triste aparece nos cantos da minha boca. Me toca profundamente, foi um poderoso beijo suave.

Como capitão do Jolly Roger, eu deveria me recuperar e ser homem novamente. Um pirata. O comandante deles, maldito seja. Mas eu só não quero sair deste lugar. Ainda não. Talvez daqui a uma ou duas horas. Ou talvez eu apenas fique sentado aqui e observe o céu a noite toda. Afinal, tenho todo o tempo na Terra do Nunca, não tenho? E vou gastá-lo sozinho. Bem, com uma tripulação de dezesseis piratas e um punhado de ratos no porão.

Respirando fundo, eu coloco meu chapéu. Eu o havia tirado antes que Angel viesse se despedir. Ela deve se lembrar de mim como *apenas Jamie* e não o pirata cruel que ela conheceu primeiro.

Esfrego as mãos no rosto e suspiro quando, no céu, dois pontos aparecem no horizonte. Eles estão ficando maiores. Pego por uma excitação estranha, sento-me ereto e estreito os olhos para entender o que está vindo em nossa direção. Santo inferno, são Angel e Peter? E se ela mudou de ideia? Eu pulo de pé e atravesso a grade, me inclinando para longe. Os pequenos pontos se aproximam cada vez mais. Eu mal posso respirar.

Momentos depois, as coisas no céu se tornam um par de gaivotas que navegam sobre o navio na brisa. Inclino a cabeça e sigo o caminho para a praia. Meu coração afunda. Eu caio de joelhos. Acabou. Angel se foi. Ela não volta.

Capítulo 21

Angelina

A RISADA de duas menininhas. É isso que me faz continuar no céu, com os braços abertos e o olhar estritamente voltado para a frente. Peter e eu deslizamos através de uma camada de nuvens, subindo cada vez mais alto. A Terra do Nunca agora é um pequeno ponto no oceano atrás de nós.

Depois de tudo o que vi e passei nos últimos dias, nada me surpreenderá novamente. E ainda assim, estou voando e não consigo acreditar. Esta é a coisa mais improvável que eu poderia imaginar fazer... além de beijar um pirata.

— Então, você e Gancho, hein? — Peter pergunta depois de algum tempo silenciosamente deslizando ao meu lado.

Dando um breve olhar para ele, aperto meus

lábios. Qual será o próximo comentário dele? Que eu não poderia afundar mais do que ficar com um pirata?

Peter me assusta. — Você é bom para ele. Eu nunca o vi agir tão... humano. É uma pena que você esteja indo embora.

Eu me viro para ele novamente, mas desta vez ele mantém sua atenção focada na frente e ignora meu olhar confuso. Talvez ele tenha gostado da tarde a bordo do Jolly Roger. Deve ter sido uma grande experiência trabalhar com ele e não contra seu próprio irmão pela primeira vez em sua vida.

Eu só queria que eles encontrassem uma maneira de continuar assim depois que eu partir. Mas então, o que é isso para mim, realmente? Nunca vou descobrir quando voltar. Quero dizer, não é como se eu pudesse pegar meu telefone e ligar para Jamie para ver como ele está.

Um sentimento triste arranha meu coração com a lembrança do nosso último beijo de verdade. O que compartilhamos na Lagoa das Sereias à noite. Seu cheiro de tangerina e água do mar penetrou nos meus poros e se instalou no meu coração. Permanecerá comigo para sempre. Se ele pudesse me beijar apenas mais uma vez. Ou me abraçasse como fez quando nos despedimos. Sinto falta dele, e parte de mim quer se virar e voar de volta para seus braços.

Como se eu tivesse atingido um buraco no ar, caio um metro. Ofegando, luto para ganhar controle e despencar mais meio metro. O braço de Peter está ao meu redor em um instante. — Angel — Ele grita através do vento. — Onde está seu pensamento feliz?

Foi-se por um momento de descuido.

Do fundo do meu coração puxo a risada de Paulina e a risada de Brittany. — Estou bem. Pode me largar — Digo a Peter.

Ele me olha com ceticismo, mas eventualmente afasta o braço da minha cintura. Ainda assim, seu olhar permanece em mim como o de um falcão. Eu tento banir Jamie de meus pensamentos completamente e deixar para pensar nele mais tarde. Quando estiver em casa.

Voamos pelo que parecem horas na mesma direção. O céu não muda. Nem o mar azul escuro abaixo de nós. É impossível dizer até que ponto a poeira de duende de Tameeka me levará – se chego a Londres apesar de tudo ou simplesmente caio nas ondas em algum momento. Peter veio comigo muito mais longe do que eu esperava.

— Você não deveria voltar para a Terra do Nunca? — Pergunto a ele.

Ele arqueia uma sobrancelha para mim. — E correr o risco de perder seu pensamento feliz de novo? Acho que não.

— Mas você não pode ir comigo por todo o caminho, pode?

— Vou ter que ir. — Ele ri e parece tão despreocupado como sempre. — Gancho quer me matar já há muito tempo. Mas se eu deixar algo acontecer com você nessa jornada, ele *realmente* vai me matar. Então, concentre-se no que quer que mantenha você nas nuvens comigo e nós dois ficaremos bem.

Seu espírito brilhante me anima. Gosto da ideia de ter companhia pelo resto do caminho. E, então, eu vejo. Há terra pela frente. — Peter! — Eu suspiro e aponto para o ponto verde que brilha entre as nuvens.

— Eu também vejo! — Ele pega minha mão e me puxa um pouco mais rápido, já descendo.

Então é isso. Este é o *lar*. Meu coração bate como um cavalo de corrida. Em apenas alguns minutos, estarei com minha família novamente. O que as gêmeas dirão? Mal posso esperar...

A uma velocidade incrível, mergulhamos nas nuvens. O sol está mais baixo agora e lança um brilho sonhador na ilha e no oceano ao seu redor.

Ilha? *Espera*. Sei que Londres também está localizada em uma ilha, mas esta abaixo de nós parece familiar demais. Tem a forma de meia-lua.

Peter parece perceber onde estamos ao mesmo tempo, porque ele me puxa para pairar no ar. Quando ele olha para mim, seus olhos estão arregalados de choque e tristeza.

— Como pode ser isso, Peter? — Eu imploro. — Nunca mudamos de direção e fomos tão longe!

Seu rosto se contrai em linhas tristes quando ele encolhe os ombros, desamparado. — Parece que a Terra do Nunca não quer deixar você ir.

Lembrando o que Jamie me mostrou no mapa da Terra do Nunca outro dia depois que voltamos da viagem de barco, me pergunto se o mesmo aconteceu hoje. Peter e eu voamos ao redor do globo onde a Terra do Nunca está localizada? É realmente uma estrela pequena e não apenas um lugar de onde você pode voar?

Com toda a minha esperança, meu pensamento feliz foge de mim. De repente, não tenho mais aderência ao ar, mas apenas balanço a mão de Peter que está firmemente enrolada no meu pulso. Ele me puxa para o peito e afunda na Terra do Nunca. Lágrimas estão lutando contra a superfície dos meus olhos.

Por um breve momento, me pergunto se Peter me levará para sua casa na árvore na selva, mas quando estamos indo em direção à costa do lado oeste e as velas do Jolly Roger aparecem, fica claro que ele sabe onde eu quero ir.

Ele desce no convés e me libera. Todos os piratas a bordo nos olham boquiabertos. Até os olhos de Jack Smee estão mais abertos que discos. Mas o único que quero ver agora está sentado na pilha de caixas de madeira e olhando para o mar. Joelhos puxados para o peito, ele está apoiando os braços neles. O grande chapéu preto caiu para a frente, há uma triste inclinação em sua cabeça.

Afastando-me de Peter, corro para Jamie. Ele se endireita quando ouve meus passos nas tábuas do assoalho e se vira. Em outro segundo ele está de pé e me envolve em seu abraço terno. — Angel, o que... Você voltou! — Ele me afasta dele para olhar para o meu rosto. Há admiração e confusão em seus olhos. — Caramba, por que você... Ah, Angel! — Me esmagando contra o peito novamente, ele acaricia a mão sobre meu cabelo e pescoço. Ele quer rir e eu acho que ele quer chorar ao mesmo tempo. Mas está assustado demais para tirar uma frase completa da boca.

Movendo meus braços em volta dele, enfio meus dedos por sua camisa até as costas e enterro meu rosto contra seu peito. — Voar não funcionou — Soluço.

— O quê? — Ele me afasta dele mais uma vez e escova o cabelo do meu rosto com as duas mãos. — Como não funcionou?

— Eu não sei.

— Fomos direto para o norte o tempo todo — Explica Peter atrás de mim. — Mas, de alguma forma, chegamos à Terra do Nunca pelo sul novamente.

— É como quando saímos com o Jolly Roger — Conclui Jamie em voz baixa. Mas, então, outra onda de excitação o sacode. — Você voltou! — Ele suspira e me abraça com tanta força que todo o ar sai dos meus pulmões. — Vamos encontrar outro caminho — Ele promete depois de um beijo terno na minha testa. — Não se preocupe, nós a *mandaremos* para casa.

Eu me inclino para ele e sei que ele não descansará até eu voltar para minha casa em Londres. Mas, por enquanto, ele está feliz em me ver. E eu, em vê-lo.

— O que você acha que deu errado? — Ele pergunta sobre minha cabeça.

Virando-me para o outro lado, vejo Peter encolher os ombros. — Talvez não subimos o suficiente. Mas, falando sério, eu não tenho ideia. — Ele estreita os olhos e se aproxima.

Uma estranha tensão me envolve. — O quê? —

Jamie e eu perguntamos ao mesmo tempo.

— Você disse que pode deixar a Terra do Nunca da mesma maneira que veio aqui, certo?

Minhas sobrancelhas franzem como as dele enquanto eu assinto. — Por quê?

— Angel, você não *voou* para a Terra do Nunca. — Sua voz cai para um nível sinistro. — Você caiu.

Meu Deus. O ar congela nos meus pulmões. Ele tem razão. — Então, realmente não há como eu deixar este mundo... — Lábios tremendo, minha voz quebra nas últimas palavras.

Peter faz uma careta. — Eu não diria exatamente isso.

— O que você quer dizer?

— Basicamente, você só precisa cair de algum lugar para voltar. Mas não acho que uma cadeira alta ajude.

Toda a minha esperança está ligada à ideia de Peter. — O que você sugere?

Os caras trocam olhares desconfortáveis, então, Jamie me pergunta: — Qual era a altura da varanda de onde você caiu?

Foi no segundo andar. Um olhar ao redor do navio e o mastro mais baixo entra em foco. Eu aponto meu dedo para ele. — Tão alto quanto aquilo. — O resmungo de Jamie enquanto olha na direção chama minha atenção. Meus olhos secam quando se arregalam de entendimento. — Você não está esperando que eu me jogue do mastro?

Ele esfrega a nuca e balança a cabeça. — Não

deste. As caixas abaixo encurtariam sua queda. — Ele faz uma pausa. — Subimos lá em cima. — Com um aceno de cabeça, ele indica o mastro no meio do convés. O mais alto. Com redes anexadas para subir e várias vergas.

Minha garganta está apertada. — E quão alto você quer que eu suba? — Pelo olhar no rosto de Jamie, percebo que ele pretende subir todo o caminho. Lábios comprimidos, eu aceno, resignada. Se o plano deles não der certo, vou me espatifar no convés principal. — Ótimo.

— Não se preocupe. Eu vou com você, Angel. — Jamie pega minha mão, beija meus dedos e me puxa contra ele. — E Peter vai esperar aqui embaixo para pegá-la se algo der errado.

Peter tosse. É uma daquelas tosses assustadoras que lhe dizem em um instante que você perdeu algo essencial. Algo que pode tirar sua vida se você for estúpida o suficiente para ignorá-la.

— O quê? — Eu falo, lutando contra essas apreensões assustadoras.

— Pode não funcionar se eu te pegar antes do impacto. Eu realmente acho que você tem que continuar. E Angel...

— O quê? Tem mais? — Eu deixo escapar, quase histérica agora.

— Você terá que lavar toda a poeira dos duendes também.

— Tudo é problema, não? — Rir quando você não sente nem um pouco de vontade é algo estranho. Eu não consigo parar, até que se transforma em soluços e Jamie me abraça em seu peito.

— Shh — Ele me acalma. — Vai ficar tudo bem. Você consegue.

Ele me leva para seus aposentos, onde vou ao banheiro primitivo para outro banho – espero que seja o último na Terra do Nunca. Desta vez, usando apenas um balde d'água, guardo o outro para lavar todo o pó de duende do vestido. Feito isso, visto uma camisa que Jamie me deu. O linho branco se apega à minha pele molhada e chega ao meio das minhas coxas. A gola larga escapa de um ombro enquanto saio do banheiro.

Na porta do convés do quarto, Batata Ralph espera que eu entregue a ele meu vestido molhado. Ele se ofereceu para secá-lo no fogão da cozinha para mim. Jamie fecha a porta e depois se vira para mim, seu olhar percorre meu corpo dos meus olhos aos meus dedos nus e nas costas. Eu só estou parada no meio do quarto dele, sentindo frio e medo do que ainda está por vir hoje à noite.

— Posso te trazer algo? — Ele pergunta depois de algum tempo. — Algo para beber ou...

— Que tal um pouco de rum que você bebeu na outra noite? — Eu brinco um pouco alegre.

Surpreso, ele inclina a cabeça e arqueia as sobrancelhas para mim. Ele parece caloroso e me faz sorrir. — Não importa — Digo e balanço a cabeça. Sem saber o que mais fazer, subo em sua cama e puxo meus joelhos no meu peito, abraçando minhas coxas debaixo deles.

Com o chapéu pendurado na mão, Jamie se aproxima e senta na minha frente, uma perna dobrada debaixo dele, o outro pé ainda no chão.

— Quando Peter e eu voltamos e vi você no convés, você parecia triste — Digo depois de um tempo olhando silenciosamente em seus brilhantes olhos azuis.

Não há mudança em sua expressão séria, mas suave. — Eu não estava triste. Eu... — Seu olhar cai nos meus pés e depois de um momento, levanta para o meu rosto novamente. Seus olhos se enchem de dor. — Quando você se foi, Angel, cheguei ao fundo do poço.

Um calor rasteja sobre mim. Não sei se vem de suas palavras ou de seus dedos macios que se enroscaram em meus tornozelos. Seus polegares começam a acariciar minha pele.

— Você sabe que não precisava me contar sobre o meu passado. Você poderia ter mantido isso em segredo e me fazer ficar com você — Argumento.

É um pensamento estúpido e nem deveria ter me passado pela cabeça, mas quando me vejo perdida em seu toque, imagino se depois de hoje eu poderia ser feliz na Terra do Nunca para sempre. Jamie é uma tentação que eu não considerava na minha luta para encontrar um lar. Todos esses sentimentos me confundem e balanço a cabeça. — Eu... eu achei que você...

— Que gosto de você? Que te *amo*? — Um sorriso lento curva seus lábios. — Agora você deve saber que é toda a verdade. — Suas pálpebras a meio mastro, ele pega minhas mãos e dá um beijo suave nos meus dedos. Cílios longos e cor de mel se abrem. A boca dele ainda está na minha pele quando ele sussurra: — E acho que é seguro supor que você sente o mesmo por mim.

Sinto.

Jamie se endireita novamente e se aproxima um pouco, pegando meus tornozelos e gentilmente levantando minhas pernas para descansá-las sobre sua coxa. Eu me preparo internamente. Uma de suas mãos desliza sobre a minha, a outra alcança a parte de trás do meu pescoço.

Meus olhos se desviam, vejo nossas sombras dançando na parede à luz de velas. Elas estão se aproximando. Inclinando a cabeça, Jamie passa os lábios pelo canto da minha boca. O beijo é tão leve que causa arrepios nos pelos da nuca.

Como se ele soubesse exatamente o que está fazendo comigo, ele repete. Desta vez, eu posso senti-lo sorrir. Ou rir? Ele com certeza gosta da minha reação a ele. Não deixo que ele me provoque mais, mas inclino minha cabeça com a terceira carícia. Por um breve momento ele para, seus olhos brilhando quentes à luz das velas. Então, ele molda sua boca à minha.

Com a pressão suave dele, abro minha boca. Nossos lábios mal se tocam quando nossas línguas se encontram. O mundo começa a girar ao meu redor, e eu fecho meus olhos para ele. Jamie é o único que eu deixei entrar. Pelo que sei, este será o nosso último beijo de verdade.

Capítulo 22

James

A PERNA DE ANGEL está caída sobre meu quadril, sua bochecha apoiada no meu peito enquanto ela cochila. Não é uma boa ideia, já que durante o sono ela provavelmente esquecerá tudo o que eu disse a ela hoje. O vestido dela deve ter secado, mas não consigo encontrar razão em meu coração para arrastá-la de volta à realidade. *Minha* realidade, não a dela.

A vela na mesinha ao lado da porta queimou até a metade do tamanho. O brilho suave da chama enche meu quarto de paz e a respiração de Angel também. Cuidadosamente, puxo o cobertor mais para trás e acaricio a pele felpuda em seu pescoço. O cheiro de tangerina sai de seus cabelos e fico tentado a dar um beijo no topo de sua cabeça. Ainda não quero que ela se afaste de mim.

— Seu coração está batendo tão lentamente que eu pensei que você estivesse dormindo — Diz Angel com voz suave.

Inclinando a cabeça para trás, sorrio enquanto estudo o teto e os muitos buracos na madeira. — Eu pensei o mesmo sobre você.

— Não, eu estava apenas ouvindo aquele som bonito. Bate, bate, pausa... bate, bate, pausa... — Ela se move para mim, então, seu queixo está pressionando meu esterno e sorri. — Eu poderia ouvir a noite toda.

Passo meus dedos pelos cabelos dela. — Boa ideia. Preciso lembrá-la de que temos outros planos?

— Talvez eu tenha mudado de ideia? Você não quer que eu fique? Na Terra do Nunca? Neste navio? — Um brilho assustador aparece nos seus olhos. — Contigo?

— Ah, Angel. Eu gostaria de poder mantê-la comigo para sempre. — Ela está segurando meu coração com força. O pensamento de tê-la no Jolly Roger e ser capaz de roubar um beijo febril como o de vinte minutos atrás, sempre que eu quiser, é tentador como o inferno. Quero mantê-la comigo, porque depois dos últimos dias, sei que estou irremediavelmente apaixonado por essa garota. — Lembra o que você perguntou na outra noite? — Eu digo baixinho. — Qual foi a minha maior aventura?

Ela dá um leve aceno de cabeça.

— Houve um tempo em que passei muitas tardes com as fadas. Bri'Shán e eu filosofávamos por horas. Um dia, ela me perguntou o que eu achava que seria a maior aventura de todos os tempos. Eu disse ser um pirata e encontrar o maior tesouro por aí. — Deslizando a franja dos olhos de Angel, eu mantenho um sorriso. — Ela riu de mim então.

— O que ela pensou que fosse? — Angel pergunta.

— Bri disse que há apenas uma aventura *real* neste mundo. Amor. É encontrar a única pessoa que faz você querer ser melhor do que você é.

Os olhos de Angel brilham mais calorosos quando um sorriso aparece em seus lábios. — Você não acreditou nela?

— Não, não acreditei. — Eu beijo a ponta do nariz dela. — Agora, sei que ela estava certa. E pelo jeito que você olha sempre que eu faço isso... — passo o polegar na bochecha dela e Angel fecha os olhos com força, apoiando-se na minha palma — posso dizer o quanto você gosta de estar comigo também. Eu realmente gostaria que fosse o suficiente para você, Angel. Eu. A vida de pirata que posso lhe oferecer. E a Terra do Nunca. Mas há duas garotas esperando por você em algum lugar. — Um suspiro me escapa. — E você as ama mais do que a mim.

Seu sorriso se afasta. — Não, Jamie, não é verdade — Ela sussurra, mas sabe que estou certo. E é melhor terminarmos o que temos que fazer, antes que um de nós se esqueça e tome uma decisão estúpida. Não é improvável que seja eu.

— Vou pegar seu vestido. — Gentilmente, tirando-a de mim, eu rolo para o lado e saio da minha cama. No chão, no final da cama, minhas botas descartadas me esperam. Coloco-as e saio pela porta para pegar o vestido de Angel na cozinha.

Olhares de soslaio me seguem pelos conveses. No mastro mais alto, mesmo acima do ninho do corvo, Peter descansa na travessa, pernas empilhadas na rede e braços cruzados atrás da cabeça. Parece que ele está tirando uma soneca lá em cima. Quando paro para olhar para ele, ele me lança um olhar inclinado sob o chapéu de couro marrom-lama que sem dúvida roubou de Fin Flannigan.

Por tudo que vale, não me importo que ele ainda esteja no meu navio. De fato, me dá uma sensação reconfortante tê-lo lá quando Angel vai pular do mastro daqui a pouco. Quebrando nosso olhar, ando até o convés e encontro a cozinha vazia. Melhor assim. Presa a uma linha acima do fogão, o vestido está suspenso como um falcão que perdeu o vento. O cheiro de comida cozida se apega ao tecido, mas poderia ser pior. Que bom que Angel lavou o vestido com sabão mais cedo.

Eu o puxo e levo de volta para o meu quarto. Angel está sentada na beira da minha cama, ainda vestindo minha camisa. Jogo o vestido em seus braços e lhe dou um momento privado para se trocar. Quando ela termina, aparece atrás de mim enquanto estou na frente do meu guarda-roupa, abotoando uma camisa nova que acabei de vestir... porque eu não sabia mais o que fazer. Suas mãos suaves percorrem minhas costas. Apesar do calor que evoca dentro de mim, seu toque me deixa triste. Eu me viro. — Você está pronta para ir?

Angel assente. Pego a mão dela e dou um beijo na palma. Daí, pego meu chapéu no chão. Sua boca se curva em desaprovação. Eu rapidamente beijo o beicinho antes de colocar meu chapéu.

Juntos, atravessamos a porta, mais pedras pesando no meu coração a cada passo. Toda a equipe está alinhada ao lado da grade, o que me surpreende. Eles dizem adeus a Angel, à maneira assustadora de piratas. Alguns até tiram o chapéu. Eu sorrio para mim mesmo e balanço minha cabeça quando passamos por cada um.

O último da fila é Smee. Ele é o único que dá um passo à frente e coloca uma mão gentil no ombro dela. — Boa sorte, Angel — Diz ele, inclinando a cabeça. Caramba, ele quis dizer isso. Todos eles querem dizer isso. Como capitão por inúmeras décadas, nunca fiquei tão impressionado.

E Angel também, ao que parece. — Obrigada, Jack — Ela diz e sorri. — Cuide bem do capitão, sim?

Smee lança um olhar para mim, e eu volto revirando os olhos. Como se eu precisasse de alguém para cuidar de mim. Mas é bom ouvi-la se preocupar.

Depois, começamos a subir. Eu deixei Angel ir primeiro. É um longo caminho até o topo do mastro e me sinto melhor logo abaixo dela, caso ela perca o controle. Peter já está lá e apoia Angel na verga até eu segui-la.

Ela o abraça com força e beija sua bochecha enquanto se despedem. Isso me faz cerrar os dentes, mas dou a ela o momento com seu amigo – meu irmão. Então, ela se vira para mim.

Por um momento sem fim, apenas olhamos nos olhos um do outro. Bile sobe na minha garganta. Provavelmente também na dela, porque ela engole em seco e seus lábios começam a tremer. Estendo a mão e acaricio sua bochecha. — Sem lágrimas. Não esta noite — Sussurro. — Deixe-me lembrar de você com um sorriso, Angelina McFarland.

Ela funga e os cantos da boca se erguem, mas é forçado. Encontrando um suporte na rede atrás da travessa, ela dá um passo cauteloso em minha direção e, então, passa os braços em volta do meu pescoço. Não posso soltar a rede ou caímos no chão. Não importa. Envolvo meu braço livre em volta da cintura e a esmago contra o meu peito. — Sentirei sua falta — Respiro no seu ouvido.

— Apenas não me esqueça, Jamie.

— Como poderia?

Contra a pele do meu pescoço, sinto suas lágrimas. Elas me quebram. Pego seu queixo e inclino o rosto para cima, escovando a trilha molhada em sua bochecha com o polegar. Eu a beijo pela última vez. Somente nossos lábios se tocam por um longo momento de ternura.

Quando ela se afasta de mim, tiro o chapéu e o coloco na cabeça dela. Agora, eu consigo o que quero — o sorriso sincero de Angel.

Peter a leva até a ponta da cruz onde ela se vira para me encarar. Sua aparência é corajosa, mas seus olhos estão cheios de tristeza. Fechando-os lentamente, ela respira fundo. Eu engulo contra a dor na minha garganta. Então, ela se inclina para trás e cai.

Segurando a rede à minha direita, corro para frente e desesperadamente grito o nome dela. Mas é tarde demais. Angel cai em direção ao mar abaixo dela. Os braços dela estão esticados ao lado do corpo e a saia do vestido azul está balançando ao vento, como se estivesse se despedindo. O chapéu de pirata voa da cabeça dela. Balançando tristemente, segue na sequência de sua queda.

Um momento depois, o amor da minha vida sem fim submerge no oceano.

Oro para que ela chegue onde deseja estar.

Capítulo 23

Angelina

UM RESPINGO DE água atinge meu rosto. Eu ofego por ar. As ondas deveriam ter me engolido, mas o chão embaixo de mim é duro. Luto para abrir meus olhos. Alguém está curvado sobre mim. Mãos macias tocam minhas bochechas. Piscando algumas vezes, só vejo vislumbres de um vestido roxo. — Bri'Shán? — Eu murmuro.

— Oh não, ela bateu a cabeça! — Uma voz familiar sai à minha direita. Muito familiar... e parece maravilhoso! Desta vez, apesar da cabeça dolorida, dedico mais esforço ao foco. Então eu a vejo. *Elas.*

— Fada vespa! — Ainda de costas, pego minha irmã e a puxo para o meu peito. Então, pego Paulina e aperto as duas com tanta força que o ar chia nos pulmões.

Paulina envolve seus pequenos braços em volta da minha garganta e enterra o rosto na dobra do meu pescoço. Um suspiro aliviado sai dela. — Nós pensamos que você estava morta! Você não respondeu por tanto tempo. — Ela está quase chorando. Mas eu apenas rio. Eu rio tanto que a rua inteira deve ser capaz de me ouvir e as abraço com mais força. Eu nunca quero deixá-las ir.

As gêmeas me ajudam a sentar no chão coberto de neve. A água escorre da mangueira do jardim aos pés de Brittany e forma uma poça. — O que você fez com a mangueira? — Pergunto.

— Nós espirramos no seu rosto — Paulina me fala. Então, seu pequeno e doce rosto se fecha em uma careta, como se esperasse ser repreendida. — Foi ideia de Brittany. Ela disse que você acordaria então.

Bem, isso explica por que estou toda molhada. Eu me viro para Brittany e bagunço seu cabelo. — Ótima ideia, fada vespa.

Dando risadinhas, ela vai dançando até a torneira e a desliga. Paulina puxa minhas mãos para me fazer levantar. É a primeira vez que percebo que estou usando minhas próprias roupas novamente. O jeans e minha camiseta preta. Não estão mais rasgados.

Eu respiro fundo. Foi tudo apenas um sonho? Tudo sobre a Terra do Nunca, Peter Pan e... Jamie? Com um choque, lembro qual livro li com as meninas antes de cair. Eu poderia realmente ter machucado tanto a cabeça que sonhei com uma história tão fantástica?

Talvez. Mas o desejo que penetra no meu coração me faz acreditar no contrário. Quando fecho meus olhos, um sorriso malicioso é tudo o que vejo. O cheiro de tangerina ainda permanece nas minhas narinas. Tudo poderia realmente ter sido apenas um sonho?

A dor no meu peito é muito real.

Onde está meu suéter? Olhando em volta, não consigo encontrar em lugar algum. Talvez tenha ficado preso nos galhos quando caí. Erguendo a cabeça, examino a árvore, mas está escuro demais para discernir qualquer coisa.

Paulina puxa minha mão. Quando olho para seu rosto feliz, ela aperta mais forte. — Podemos entrar? Está tão frio aqui fora.

Brittany agarra minha outra mão e voltamos para casa. O calor aconchegante toma conta de mim. Cheira a biscoitos de canela que a Srtª Lynda contrabandeou esta tarde. E de madeira de faia queimando na lareira.

Cheira a lar.

Tremendo, mando as meninas para seus quartos para se trocarem para dormir, depois, corro para o banheiro para me livrar de minhas roupas molhadas. Meu roupão rosa está pendurado em um gancho do lado de dentro da porta. Enrolado em torno de mim com força, aquece meu corpo trêmulo. Coloco meus pés nos chinelos macios combinando e me arrasto primeiro para o quarto de Brittany para abraçá-la. Dou um beijo de boa noite e a abraço por um longo tempo.

Então, eu vou para o quarto de Paulina. Depois que ela adormece, levanto-me da cama e deslizo os dedos sobre o livro em sua mesa de cabeceira. *Peter Pan*. Um garoto voador é retratado na capa. Meu coração incha, a lembrança dele ainda é vívida e calorosa em minha mente.

Pego o livro e o levo comigo, apagando a luz do coelho. De volta ao meu quarto, sento na minha cama e abro o livro. *Sininho*, os *Garotos Perdidos*, todos estão lá. Até um *Smee* de cabelos brancos sorri da página. E ao lado dele... *Capitão Gancho*. Ele veste aquele vistoso casaco de brocado vermelho e chapéu preto que a *Disney* o colocou. Ele parece muito diferente do *original*. O cara de verdade. Apenas Jamie.

Meu peito dói muito quando passo meus dedos em seu rosto. Apenas um sonho... era mesmo?

Enfiando o livro debaixo do travesseiro, levanto-me e dou de ombros para fora do roupão. Ele cai em uma pilha rosa no chão ao lado da minha cama. Do meu armário, pego uma camisola curta e acetinada. Não é o que eu costumo usar à noite, mas foi um presente da minha avó há alguns anos e, desde então, ela espera num cabide para ser retirada e usada. Não sei por que quero colocá-la hoje à noite entre todas as noites. Talvez porque o azul suave me lembre o que eu tenho usado nos últimos dias. Porque isso me lembra ele...

Coloco-a pela minha cabeça e caminho até o espelho na minha porta. Segurado por finas tiras de cetim, a roupa cai macia e sedosa nos meus ombros. Minhas pernas nuas estão brancas do frio e meu cabelo está uma bagunça molhada. Mas essa não é a razão pela qual eu suspiro agora.

Um lindo rubi em forma de coração repousa sobre meu decote, preso a uma fina corrente de prata em volta do meu pescoço.

Meus lábios começam a tremer, assim como meus joelhos. O espelho embaça com minhas respirações rápidas. Por quê? *Como?* Deslizando meus dedos sobre as facetas lisas da gema brilhante, sinto lágrimas brotando nos meus olhos.

É verdade! Eu estava lá.

Sem ter ideia do que realmente esperar, olho para minha mão e a torço. Há meia tatuagem por dentro. A letra A e algumas estrelas espanaram sob o que antes era o nome *Angel*. Paulina me deu menos de uma hora atrás. Mas, nos últimos cinco dias, desapareceu.

Eu conheci todos eles. Peter, Tami, as fadas. E James Hook. O homem mais incrível que já conheci. Ele entrou no meu coração de uma maneira pirata de verdade. Minha garganta se contrai e dói quando penso nele.

Há uma batida na minha porta logo antes das primeiras lágrimas caírem. Eu limpo minha garganta e abro. Paulina está parada na porta com o coelho de pelúcia nos braços pequenos. Uma única lágrima escorre por sua bochecha. — Quando fecho meus olhos, vejo você deitada no jardim. Você não respondia para Brittany e eu.

— Ah. — Eu caio de joelhos e retiro a franja da testa. — Está tudo bem, coelhinha. Estou bem. Vocês duas me trouxeram de volta.

— Eu sei. Mas não quero vê-la deitada no chão quando não puder senti-la. Posso dormir na sua cama hoje à noite?

Sorrindo, levanto-me e levanto Paulina em meus braços. Eu a carrego para a minha cama, onde ela rasteja sob o edredom e sorri para mim do meu travesseiro. Depois que a luz se apaga e me escondo debaixo das cobertas, ela se aconchega contra o meu peito e seu suspiro de contentamento bate em mim. Eu beijo o topo da cabeça dela com um braço firmemente em volta dela. Minha outra mão se move para o coração de rubi. Fechando meus dedos em torno dele, fecho os olhos e volto para a Terra do Nunca. Mesmo que apenas em sonho...

Três meses depois...

Angelina

UMA BRISA QUENTE passa pelos meus tornozelos nus. Os saltos das minhas sandálias estalam no concreto enquanto caminho para nossa casa, entrando e saindo dos amplos círculos iluminados que os postes de luz lançam na rua a cada quinze metros.

Meus pais andam alguns passos na minha frente, meu pai carregando uma cansada Brittany. A cabeça dela repousa sonolenta no ombro dele, os braços pendendo frouxamente ao lado do corpo. São dez horas da noite. Paulina segura firme na minha mão e tenta acompanhar com seus pequenos passos. As gêmeas deveriam ter sido colocadas na cama horas atrás. Mas um jantar na casa do amigo de meu pai que durou muito impediu que isso acontecesse.

Estou cansada desses banquetes. Sentar-se para uma refeição que consiste em mais pratos do que qualquer pessoa normal deve ser forçada a comer é sempre um desafio. Sem rir, sem murmurar, sem balançar as pernas debaixo da mesa. Esses jantares geralmente me fazem sentir como se estivesse no campo de treinamento. Se isso é difícil para mim, deve ser pura tortura para minhas irmãzinhas. Às vezes, eu gostaria que nós três tivéssemos crescido em um lugar mais aventureiro do que a casa dos McFarland. Um lugar como...

Sim, como o quê? Como *Adventureland* na *Disney World*? Eu suspiro, estudando as estrelas. Elas parecem me chamar com sua luz brilhante, e já o fazem há algum tempo. Mas não consigo imaginar como chegarei lá, então, acho que vou ter que tolerar os sorrisos falsos de adultos e as fofocas de pessoas que não conheço.

Minha vida nem sempre foi triste assim. Alguns meses atrás, eu me senti diferente. Muito diferente. Estava ligada a um coração de vidro vermelho que usava em um colar. Uma manhã, acordei na minha cama e encontrei minha mão em volta dele. Mas essa não foi a única coisa estranha naquele dia. Paulina estava enrolada ao meu lado também. Ela nunca dorme na minha cama, então, isso foi uma surpresa. Quando a cutuquei e ela abriu os olhos, sentou-se apressada e me abraçou com todo o amor de uma criança de cinco anos.

Eu tinha batido minha cabeça, ela me disse. Aparentemente, eu caí da minha varanda. Fazia sentido, porque não conseguia me lembrar do que tinha acontecido na noite anterior. Quanto ao pingente de coração, Paulina disse que não era dela, embora eu tivesse certeza de que ela o recebera de presente de uma de suas revistas da *Disney* e o colocara no meu pescoço enquanto eu dormia.

Eu não conseguia explicar o sentimento de desejo que me dominava sempre que olhava para o coração vermelho. Uma grande parte de mim queria estar em outro lugar. Talvez até com alguém. Um toque de saudade de casa me encheu, algo que eu não conseguia entender – porque eu estava em casa. Isso me deixava desconcertada, então, depois de algum tempo, tirei o colar e o guardei no fundo de uma gaveta da minha mesa com uma pilha de papéis sobre ele.

Com o colar fora de vista, o desejo desapareceu. Eu poderia ser eu normal novamente, na casa de George e Mary McFarland.

Apertando a mão da minha irmãzinha enquanto pisamos na parte iluminada, olho para ela e sei que é um bom lugar para estar, afinal.

Passamos pelo jardim do nosso vizinho. O cheiro das macieiras passa por mim. Eu levanto meu queixo e respiro profundamente quando algo me puxa gentilmente... Uma lembrança? Mas não consigo juntar as imagens.

Então, eu o vejo.

Um jovem sai das sombras na rua e caminha em nossa direção. Sua cabeça está abaixada, o boné que ele veste cobre seu rosto da minha vista. As calças largas de skate e o capuz preto que veste não combinam com seus passos predatórios e determinados.

Não sei por que, mas de todas as pessoas que passamos, ele é o único que chama minha atenção. Meus pais, obviamente, não o notam e o contornam sem problemas. Eu quero fazer o mesmo, mas naquele instante, ele levanta a cabeça e eu me vejo presa em imprudentes olhos azuis.

Familiar.

Essa estranha sensação de saudade de casa se agita novamente. Meu coração decide pular algumas batidas antes de bater violentamente contra minha caixa torácica.

A mandíbula do cara está firme, seu olhar inabalável quando ele passa por mim. Seus dedos quentes deslizam algo na minha mão. No contato com a pele, um arrepio percorre meu braço e me faz querer tocá-lo novamente. Eu sinto o cheiro da aventura nele – se é que aventura pode ter cheiro – um cheiro de água do mar e tangerinas. Isso intoxica minha mente e me leva para um lugar que eu deveria conhecer. Um lugar por trás daqueles olhos azuis.

O pedaço de papel na minha mão me arrasta para fora dos meus pensamentos loucos.

Congelando no local, puxo Paulina para comigo e viro. Ele não para, seus passos resolutos o levam rapidamente pela rua. Abro a boca e quase grito atrás dele quando ele desliza um olhar por cima do ombro e arqueia uma sobrancelha desafiadora. Momentos depois, ele desaparece nas sombras.

— O que há de errado? — Paulina sussurra para mim.

Confusa, olho para ela e balanço a cabeça. Então, olho para o bilhete na minha mão. Com dedos trêmulos, eu o desdobro. O luar destaca o rabisco masculino:

Encontre-me na sua varanda.

Continua...

ANNA KATMORE
A QUEBRA DO
TEMPO

LENDAS DE NEVERLAND, livro 2

Depois que Angel deixou a ilha encantada, a Terra do Nunca se tornou um lugar onde crescer dói, amar é perigoso e a vingança pode custar tudo.

Angelina McFarland está de volta a Londres — viva, em segurança e, ainda assim, consumida por uma saudade que não consegue explicar. Ao mesmo tempo, longe do seu mundo, o Capitão James

perdeu a única coisa que realmente importava para ele. E está disposto a colocar a Terra do Nunca em chamas para trazê-la de volta.

Para quebrar o feitiço que separa sonho e realidade, James sela um pacto com as volúveis fadas. Mas toda escolha tem um preço. E quem acaba pagando é o garoto que nunca quis crescer.

Com o tempo voltando a correr, o equilíbrio da Terra do Nunca se desfaz. Irmãos tornam-se traidores. A magia se converte em maldições. E a linha entre herói e vilão deixa de existir.

Porque o amor exige mais do que a eternidade.
E quando os sonhos se apagam, até Peter Pan cai.

Volte mais uma vez à Terra do Nunca e deixe-se lembrar por que um dia você acreditou em magia.

Conheça outros livros da autora

CAOS DO AMOR
Belo Desastre
Catástrofe do Amor
Inimigos e Mais
Um Bad Boy para Sue
Doce e Proibido
Aposta Impossível
Gata Indomável

AMOR NA NEVE
Contando Vaga-lumes
Memórias Quebradas
*

Dezessete Borboletas

RAFAEL E SEBASTIAN
Quebrando Regras
Quebrando Limites
Quebrando Titânio

LENDAS DE NEVERLAND
Caindo nos Sonhos da Terra do Nunca
A quebra do Tempo
Coração Pirata

PÁGINAS SUSSURRANTES
Nenhum Príncipe para Chapeuzinho vermelho
Um Lobo no seu Destino

*

Eloyn
Meu Vampiro Secreto
Entre nós e o Céu

Conheça mais sobre a autora

Escrevo histórias porque, sem elas, não consigo respirar.

Anna Katmore vive em um mundo cheio de magia, luz e pequenos milagres silenciosos. Ali, fadas dançam ao vento do entardecer, sonhos voam em asas douradas, e as fronteiras entre fantasia e realidade se dissolvem na névoa. Se você tiver coragem de seguir a sua imaginação e deixar o mundo como o conhece de lado por um instante, será calorosamente convidado a acompanhar Anna até esse reino. Mas atenção: quem atravessa essa porta uma vez talvez nunca mais queira voltar…

Para Anna, a Disney não é apenas uma fonte de inspiração, mas um verdadeiro modo de viver — e, se pudesse, ela curaria o mundo inteiro com um único sorriso. Seu patrono é um lobo, e sua varinha mágica é um galho quebrado de macieira, com 13 ¾ polegadas. Em alguns dias, ela ama seus personagens mais do que o mundo real; ainda assim, jamais deixa de procurar pequenos milagres também fora das páginas dos livros. E quando não está escrevendo, ela escuta o vento que, nas noites quentes de verão, sussurra histórias que só a alma consegue compreender.

Para ainda mais magia, visite Anna em:
www.annakatmore.com